우리가 서로를 잊지 않는다면

김여정 지음

우리가
서로를
잊지 않는다면

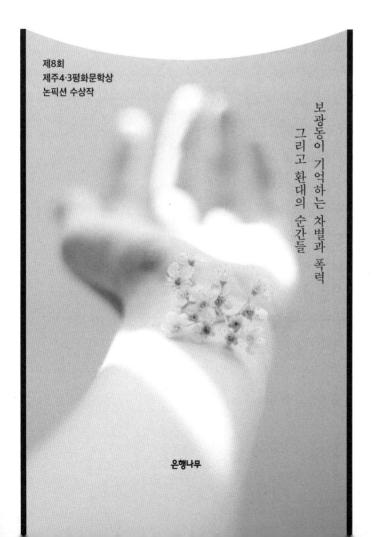

제8회
제주4·3평화문학상
논픽션 수상작

보광동이 기억하는 차별과 폭력
그리고 환대의 순간들

은행나무

차례

2부

그해, 여름

서울 용산구 보광동은 푸른 한강물이 넘실대고 복숭아
꽃비가 내리는 동양화처럼 아름다운 마을이었다. 하지만
20세기 들어 보광동은 전쟁과 가난으로 점철된 역사의 소
용돌이에 휘말리게 된다. 일본군이 군사 기지를 세우기
위해 용산을 접수하면서 보광동으로 강제 이주된 사람들
은 용산 일본군 기지에서 막노동을 하면서 생계를 이어나
가야 했다. 해방이 되자 미군이 용산에 진주해 미군 기지
를 세웠고, 보광동은 기지촌 역할을 수행했다. 특히 전쟁
당시 유엔군은 용산 일대에 무차별 폭격을 가했고 마을
사람들은 좌익과 우익으로 나뉘어 서로를 적대했다.

나는 우연한 기회로 그 보광동에 카페를 열고 단골 손님이 된 보광동 어르신들과 친해져 이야기를 나누다 1950년 6월 28일, 새벽에 한강 다리가 폭파된 날의 이야기를 들었다. 그날 한강 다리가 폭파되어 한강 이북에서 급하게 철수하던 800명이 넘는 군인과 경찰, 무고한 시민이 죽었다. 이후 서울을 수복해야 한다는 이유로 용산에는 여름 장대비처럼 유엔군의 대폭격이 이어졌고, 남산 아래 모든 마을이 불타고 용산역이 무너져 내렸다. 보광동 역시 순식간에 잿더미로 변했다. 그해 여름, 잔혹한 전쟁의 기억은 살아남은 자들의 영혼을 야금야금 갉아먹었다. 내가 할 수 있는 일은 커피 잔을 사이에 두고 그들이 가슴속에서 토해내는 이야기를 귀 기울여 듣는 것뿐이었다.

　보광동 카페에서 만난 어르신들은 전쟁 이후 60여 년 동안 용산 대폭격, 서울 수복을 위한 유엔군의 포사격과 피난민을 향한 기총 사격, 미군과 국군의 폭력과 학살, 절망적인 굶주림 등 고통스러운 기억들을 끌어안고 살아가야 했다. 그들은 그 기억들을 토해내며 몇 번이고 눈물을 흘렀다. 60여 년이 흘렀지만 전쟁의 공포는 여전히 사람들을 옥죄고 있었다. 노인이 되어 지팡이를 짚고 비틀거리며 걷다가도 비행기가 날아가는 소리가 들리면 피난민을 향한 쌕쌕이*의 기총 사격을 피해서 도망쳤던 악몽이 떠올라 걸음을 서두르다 고관절이 부러지곤 했다. 피난짐을 싸서 도망치던 기억 때문에 소중한 물건은 늘 보따리에 싸서 방구석에 쟁여놓았다. 용산 폭격으로 죽음에 직면했던 공포가 남아 한강불꽃축제의 불꽃 소리를 피해 남산 너머로 대피하기도 했다. 배고픔에 대한 공포는 경로잔치에서 남은 음식을 싸와 냉장고에 썩을 때까지 쟁여두게 만들었다.

그들은 요양원에 입소해서도 불안한 정신상태를 보였다. 음식을 침대 밑에 숨기거나 지독하게 음식을 탐해서 병을 앓기도 했다. 누군가는 비가 내리지 않는 여름날에 구름이 그늘을 드리우면 폭격의 악몽이 떠올라 '대피하라'라고 외치며 동네를 떠돌았고, 겨울이 오면 누군가는 1·4 후퇴

---

* 한국전쟁 당시 유엔군 전투기를 가리키는 표현.

당시 얼어붙은 한강을 건너던 기억에 이불 보따리를 마트 수레에 담고 길거리를 맴돌았다.

홀로코스트 생존자의 트라우마는 생물학적으로 유전된다고 한다. 정신적 외상은 건강에 영향을 미칠 뿐 아니라 유전자가 작동하는 방식에 변화를 일으켜서 세대에 걸쳐 대물림된다는 것이다.** 60여 년을 방치한 전쟁의 트라우마는 폭발 직전의 상태로 세대를 넘어 보광동 사람들의 삶 곳곳에 숨어 있었다.

보광동 사람들은 그해 여름을 이야기를 할 때마다 서럽게 울기도 하고 팔자를 한탄하기도 했다. 보광동 카페에서 우리는 막걸리와 커피를 마시면서 가슴 속 깊은 곳에 묻혀 있던 기억을 나눴다. 피난민 수용소에 찾아와서 여자아이들을 끌고 가던 군인들, 흰 옷 입은 피난민을 향해 무차별적으로 쏟아붓던 기총 사격을 피해 옥수수 밭으로 뛰어 들어간 날, 피난길에 버려진 아기들의 모습을 가슴 깊은 곳에서 끌어올렸다. 보광동 사람들은 자신들이 썩어 문드러져

** 마크 월린, 《트라우마는 어떻게 유전되는가》, 심심, 2016 참조.

도 그해 여름은 기억되어야 한다고 울분을 토했다.

나는 그들이 삶이 다하는 날까지 남기고 싶었던 잔혹한 전쟁의 기억을 기록으로 남기고 싶었다. 고령의 나이에 접어든 목격자들이 세상을 떠나기 전에 서둘러야만 했다. 한남뉴타운 개발로 인해 부동산 가격이 폭등하여 나는 카페 문을 닫아야만 했고, 그 후 수년 동안 보광동 사람들을 대신하여 그들의 이야기를 기록했다. 이 책은 한국전쟁을 겪으며 살기 위해 발버둥쳤던 보광동 사람들, 그리고 누군가의 기록이다. 보광동 사람들이 남긴 그해 여름으로부터 오늘까지의 이야기는 그 누군가들과 재개발로 인해 사라지는 보광동을 위해서 바치는 헌사이다.

1부

보광동에 카페를 열다

아침 8시가 되면 빗자루를 들고 카페 앞 골목으로 나선다. 낡은 담장의 페인트는 벗겨지고 시멘트 바닥은 여기저기 골이 생겼다. 붉고 파란 원색의 광고 전단지가 붙은 담장 아래로는 대부업체 명함이 뿌려져 있다. 나의 하루는 광고 전단지를 뜯어내고 명함을 치우는 일로 시작된다.

바흐의 'G선상의 아리아'가 자작나무 스피커에서 흘러 나왔다. 수채화 물감이 도화지를 채우듯 장중한 첼로 소리가 카페 문턱을 넘어 빛바랜 골목길로 흩어진다. 한남 뉴타운 개발이 예정된 보광동의 골목길은 사람의 손길에서 멀어졌다. 하수도를 따라 굽이굽이 이어진 길에는 깨진 가로등이 방치되어 있다.

　카페를 정돈하고 첫 에스프레소를 내렸다. 분홍 꽃무늬
가 그려진 잔에 에스프레소를 붓고 우유 거품을 올리고
라떼 펜을 들어 벚꽃을 그렸다. 첫 손님을 기다리는 시간
은 보광동 풍광을 여유롭게 즐기는 시간이다. 벚꽃 라떼
를 들고 볕이 잘 드는 카페 테라스에 앉으니 포근한 6월의
햇살이 나를 반갑게 맞아준다. 오래된 느티나무의 초록
잎새가 바람에 가늘게 흔들렸다.

　보광동으로 오기 전 나는 심각한 우울증에 빠져 있었다.
삶이 무의미하게 느껴졌고, 하루에도 수백 번 죽고 싶었다.
정신과를 다니며 상담을 받고 약을 처방받아도 소용없었
다. 외출하는 것이 싫어 필요한 물건은 모두 인터넷으로 주
문했다. 택배를 받고 쓰레기를 버릴 때만 문을 열었다. 그
렇게 나는 방 안에 틀어박혀 음지에서 시드는 식물처럼 서
서히 메말라 갔다.

　텔레비전만이 유일한 벗이었다. 텔레비전에서 들리는
사람 목소리가 그나마 외로움을 덜어주었다. 폭력이 난무
하는 시시한 미국 드라마를 보면서 부질없이 시간을 갉아

먹었다.

그날도 거실 소파에 누워 텔레비전을 보다 문득 잠에 들었다. 깨어나 보니 화면에 정감 있는 카페가 비쳤다. 브라질 어느 빈민가에 있는 카페를 소재로 한 다큐멘터리가 방영되고 있었다. 다큐멘터리는 내전에 휘말려 범죄가 난무하는 빈민가에 문을 연 카페가 점차 마을 사랑방이 되는 과정을 그리고 있었다.

카페는 총탄과 포탄 소리가 난무하는 거리 한 귀퉁이에 자리하고 있었다. 갱단과 경찰특공대는 무언의 동의하에 마을 카페만은 건드리지 않았다. 무시무시한 갱단도 주민들이 아끼는 카페를 건드려 민심을 잃는 것을 원치 않았고, 경찰 특공대도 마찬가지였다. 갱단과 경찰특공대의 전투가 시작되면, 마을 사람들은 아이들의 손을 잡고 카페로 뛰어 들어왔다. 카페에 모인 사람들은 공포에 질린 채로 창문 너머 총탄이 흩어지는 거리를 바라보고 있었다. 촘촘하게 모여 앉은 마을 주민들은 서로를 위로하고 다독였다. 아빠 옆에 바짝 붙어 앉은 아이들은 도넛을 먹으면서 경찰특공대가 갱단을 체포하는 모습을 지켜봤다. 유일하게 안전한 장소가 된 카페에서 마을 사람들은 기도를 올리고 아이들을 가르쳤으며 서로의 힘듦을 터놓고 위안을 얻었다.

왠지 모르게 그 프로그램에 빠져들어 문득 나도 힘겹고 가난한 사람들을 위한 카페를 열고 싶어졌다. 대학 졸업 이후, NGO 활동가 일을 시작했다가 결국 경제적인 이유로 그만두었다. 남들처럼 취직해서 열심히 직장생활을 했지만 위계적인 조직 문화와 인간관계로 힘겨워했다. 과로와 스트레스로 건강은 나날이 악화되었다. 원인을 알 수 없는 증상들이 시작되었다. 건강검진에서도 다양한 이상 징후들이 발견되었다. 결국 나는 모든 일을 그만두고 칩거했다. 마치 순례하듯 이 병원 저 병원을 다녔지만 건강은 회복되지 않았고, 결국 우울증이 심해져 지금에 이른 것이다. 그 다큐멘터리를 우연히 본 날도, 산부인과 치료를 마치고 진통제에 취한 상태에서 비몽사몽 텔레비전을 보고 있었다.

문득 암막커튼이 처진 어두운 방 안에서 시들어가고 있는 스스로의 모습이 생생하게 떠올랐다. 그러자 마을 카페를 차려 사람들을 만나보고 싶다는 마음이 더 강해졌다. 이대로 혼자 죽어가느니 의미 있는 일을 해보고 싶었다. 손님들에게 따뜻한 음식을 내어놓으며 이야기를 듣는 일본 드라마 〈심야식당〉의 주인처럼, 향기로운 커피를 내어놓으며 그들의 이야기를 듣고 따뜻한 위로를 건넬 수 있다면 얼마나 좋을까 상상했다. 그저 카페인을 채워주는 곳이 아니라 소외되고 억눌린 영혼이 쉬어가는 공간을 만들고 싶었다. 도움이 필요한 사람들을 위해서 살고 싶다는 어린 시절의 꿈이, NGO 활동가로 세상을 누비던 때의 열정이 되살아났다. 세상 가장 낮은 곳으로 내려가 다시 사람들을 만나고 싶었다. 그래야만 내가 살아날 것 같았다. 그렇게 마음먹은 날, 나는 내 몸의 일부가 된 소파를 밖에 내놓았다.

손가락 하나도 편히 움직이기 힘들 정도로 건강이 망가져 있었지만 사람 냄새 가득한 카페를 열고 싶다는 열망 하나로 바리스타 학원에 등록했다. 걷기가 힘들어 택시를 타고 학원에 다녔다. 이를 악물고 커피 만들기 실습을 하고 집으로 돌아오면 식은땀으로 온몸이 젖어 옷을 망치기

일쑤였다. 카페를 운영하려면 우선 체력을 회복해야 했다. 집 근처를 가볍게 걷는 것조차 어려워 첫날에는 15분을 걷다가 택시를 타고 집으로 돌아왔다. 그렇게 15분이 30분, 1시간, 2시간이 되었고 차차 건강했던 시절의 체력을 되찾아갔다.

여전히 거북이처럼 느린 걸음으로 카페를 열기에 적합한 장소를 찾아다녔다. 번듯한 대로변보다는 세월의 흔적이 겹겹이 묻은 골목길에 카페를 열고 싶었다. 사람 냄새 나는 포근한 골목길에서 살아온 사람들의 이야기를 듣고 싶었다. 그러나 서울에는 그런 골목길이 얼마 남아 있지 않았다. 여기저기 재개발 바람이 일면서 수많은 골목길과 사람들의 이야기와 삶의 흔적이 지워지고 있었다. 애써 찾아간 골목길에는 뛰노는 아이들보다 길고양이를 더 자주 볼 수 있었다. 노인들이 허름한 벤치에 앉아 휑한 눈으로 투자처를 찾는 방문객을 우두커니 바라보았다. 오랜 세월 사람들의 아픔과 설렘이 깃들었을 골목길들이 빠른 속도로 사라지고 있었다.

카페 자리를 찾아서 북한산 자락의 마을 골목길을 걷다

가 한적한 공원에 서 있는 낡은 자판기를 발견했다. 자판기 커피의 버튼에는 '50원'이라는 서툰 손글씨가 적혀 있었다. 눈을 의심하면서 50원 동전을 넣고 버튼을 눌렀다. 따뜻한 커피가 종이컵에 담겨 나왔다. 마침 자판기에서 돈을 꺼내러 나온 할머니로부터 사연을 들을 수 있었다.

할아버지는 퇴직금으로 자판기를 사서 죽기 전까지 관리했다. 그는 눈을 감으면서 커피값을 절대 올리지 말고 깨끗하게 자판기를 관리해달라는 유언을 남겼다고 한다. 할머니는 남편의 유언대로 커피 자판기를 운영했다. 운동 삼아 들르는 약수터에서 받은 약숫물로 커피 자판기를 채웠다. 공원에 운동 나온 사람들은 '50원'이라는 가격에 깜짝 놀라며 커피를 부담 없이 즐겼다. 할머니의 자판기 카페는 마을 사람들의 방문으로 늘 성황을 이뤘다. 나도 할머니처럼 마을 사람들이 편하게 찾아오는 카페를 열자고 마음먹었다.

서울의 여러 골목길들을 전전하다 마침내 찾은 곳이 바로 보광동이었다. 보광동 우사단 언덕배기에는 차가운 한강 바람이 불어왔고, 그 아래로 실핏줄처럼 얼기설기 연

결된 굽은 골목길들이 늘어져 있었다. 머지않아 한남뉴타
운 개발로 사라질 풍경이었다. 거미줄처럼 얽혀 있는 전
깃줄이, 그 아래에서 알록달록한 옷을 입고 다양한 피부
색을 가진 아이들이 뛰어다니는 모습이 눈에 들어왔다.
하얀 빨래가 바람에 나부끼고 가을 햇살 아래 고추가 붉
게 익어가고 있었다. 그 풍광이 무척 마음에 들었다.

　보광동 골목길에 있는 비어 있는 상가를 임차하고 인테
리어와 전기 공사를 했다. 카페 내부를 붉게 칠하고 화려
한 샹들리에를 달았다. 카페는 마치 붉은 홍시가 주렁주
렁 달린 감나무처럼 알록달록하고 정겨웠다. 카페에 화려
한 크리스마스트리를 세우고 눈꽃송이 스티커로 창문을
수놓았다. 카페 인테리어 공사를 하는 동안 보광동 마을 사
람들은 수시로 찾아왔다. 호기심 어린 눈으로 인테리어 진
행 상황을 살펴보고 조언을 건네기도 했다. 아직 들어서지
도 않은 카페인데 동네 주민들은 친절했고 넉살이 좋았다.
아주머니들은 보광동 시장에 장보러 가다가 어떤 가게가
생기는지 묻곤 했다. 낡고 잊혀져가는 보광동 마을에는 작
은 카페가 생긴다는 소식도 나름의 화젯거리였다. 어떤 이

들은 우리 마을에도 드디어 동네 카페가 생긴다고 좋아했다. 누군가는 보광동 사람들은 술을 좋아하고 커피는 마시지 않는다면서 벌써 매상을 걱정해주기도 했다. 보광동에는 아직 마을의 정이 남아 있어서 가게를 열면 떡을 돌리고 술과 고기를 마련해 작게나마 잔치를 열곤 했다. 보광동 사람들은 카페 앞을 지나며 종종 개업 잔치를 어떻게 할 것인지 눈치를 보며 물었다.

2015년 크리스마스, 골동품 보석 상자처럼 반짝이는 나의 카페는 그렇게 문을 열었다. 보광동 카페 개업을 축하하려는 듯 하늘에서 첫눈이 내렸다. 그러나 카페에서 보광동 스타일로 돼지머리를 놓고 고사를 지내며 술을 마시는 개업 축하 잔치를 하고 싶진 않았다. 개업 잔치 대신 개업 기념으로 커피를 무료로 나눠주는 행사를 열었다.

보광동 카페 영업 첫날, 보광동 마을 사람들이 카페 테라스에 길게 줄을 섰다. 카페 문을 열자마자 손님들이 언 손을 비비며 쏟아져 들어왔다. 나는 앞치마를 입고 손님들 한 분 한 분에게 인사를 건네며 마치 보석을 세공하듯

공들여 커피를 내렸다. 혼자서 커피를 내려서는 몰려든 손님들을 감당할 수 없었다. 그러나 사람들은 오래 기다리는 것을 개의치 않았다. 동네 사랑방에 온 듯 서로 안부를 묻고 자연스럽게 수다를 떨었다. 아무도 나를 재촉하지 않았고, 나도 편안한 마음으로 보광동의 마을 분위기를 엿보며 커피를 내렸다. 개업 첫날부터 나는 보광동 마을 사람들이 마음에 쏙 들었다.

꽃언니들을 만나다

커피 나눔 행사가 끝나고 연말이 지나자 어느새 카페는 한적해졌다. 한강에서 불어오는 차디찬 바람에 보광동이 얼어붙은 탓이었다. 어떤 날은 하루 종일 손님 없이 홀로 카페를 지켜야 했다. 간혹 카페 문을 열고 들어서는 사람이 있었지만 곧장 발길을 돌렸다. 붉게 인테리어를 한 탓에 중국집으로 착각해 들어오는 이들이었다. 그들은 '자장면 주세요' 하고 당당하게 주문을 하고는 '우리 동네에 다방이 생겼네'라고 머쓱해하며 돌아섰다. 대한민국 방방곡곡에 우후죽순으로 카페가 들어섰다지만 몇몇 보광동 사람들에게는 여전히 다방이 익숙했다. 나이 든 아저씨 손님들은 아메리카노가 다방 커피처럼 달달하지 않다고 화를 내고 자리를 떴다. 어떤 이들은 갓 내린 커피 위에 떠오르는 크레마를 본 적이 없어서 커피에 기름띠가 떠 있다고 항의했다.

근처 가게들은 그럭저럭 손님들이 드나들었지만 내 카페만은 고전을 면치 못했다. 그 상황을 타개하기 위해 다양한 원두를 준비하고 적극적으로 무료 시음 행사를 열었다. 아프리카, 중남미, 아시아 원두를 준비해놓고 다방 커피와는 다른 커피의 맛을 즐기는 방법부터 자신의 취향을 알아가는 방법까지 친절하게 알려주었다. 손님들도 서서히 맡아보지 못한 새로운 향에 이끌려 카페에 들어왔고, 몇몇 손님들이 커피맛에 익숙해지면서 동네 주민들을 데리고 찾아오기 시작했다.

카페 문을 연 지 3달이 다 되어서야 겨우 단골이 생겼다. 카페가 골목 풍경에 자연스레 녹아들 무렵이었다. 진눈깨비가 내리던 3월의 어느 날 할머니 세 분이 눈 속에 활짝 핀 동백꽃처럼 화려한 꽃무늬 코트를 입고 카페로 들어왔다. 격식을 갖춘 톤으로 커피를 주문한 그들은 카페 안을 둘러보고는 한강이 내려다보이는 곳에 앉았다.
진눈깨비가 보광동의 붉은 벽돌집들 위로 흩날렸다. 벽돌
집 지붕 위로는 재개발을 반대하는 붉은 글자를 새긴 깃
발들이 이리저리 바람에 흩날리고 있었다.

"보광동에도 카페가 생겼네."

가볍게 잔을 든 그녀들은 나지막한 목소리로 이야기를
나누며 커피를 마셨다. 골목길을 지나면서 카페에 홀로
있는 내 모습이 눈에 밟혔다고 했다.

할머니 삼총사는 매일 아침 카페를 찾는 첫 손님이 되
어주었다. 그녀들이 입는 옷은 꽃무늬로 장식되어 늘 화
려했다. 그들이 가파른 우사단 언덕을 내려올 때면 골목
길이 화사해졌다. 명품 옷을 입은 이탈리아 아주머니들에
게도 밀리지 않을 패션이었다. 나는 그 패션 감각이 부러
웠다. 그녀들은 반짝이는 은발머리를 곱게 빗어 올리고,
꽃이 피어날 것 같은 진달래색, 사과향이 날 것 같은 연두
색, 병아리 같은 노랑색 등의 따뜻한 울 가디건을 색깔별
로 맞추어 입었다.

나는 매일 그녀들을 위해서 커피 원두를 심사숙고해서

골랐다. 오늘은 봄이 오는 3월의 날씨에 맞게 커피 특유의 흙 내음이 물씬 풍기는 인도네시아 만델링을 내렸다. 유난히 하늘이 맑은 날에는 과일 향과 초콜릿 맛이 느껴지는 예가체프, 비 내리는 날에는 깊고 진한 와인의 향기가 느껴지는 콜롬비아 수프리모, 햇살이 강렬한 날에는 화산 토양에서 자란 스모키한 향이 느껴지는 과테말라 안티구아를 골랐다.

그녀들이 카페를 찾기 시작하면서 거짓말처럼 손님이 하나둘 늘어났다. 마을 주민들은 목욕 바구니를 들고 집에 돌아가다가, 강아지를 데리고 산책을 하다가, 자전거를 타러 한강에 나가다가 카페에 들렀다. 얼굴을 비추는 사람들이 차츰 늘어나더니 어느새 마을에서 일어나는 사건사고를 서로에게 알리기 위해 카페를 찾아왔다. 보광동 골목 한편의 카페를 지키는 나는 동네 구석구석까지 어떤 일이 벌어졌는지 알게 되었다.

마을 사람들은 레트로풍으로 꾸며진 카페를 원래 이름 대신 '보광동 다방'이라 불렀다. 마을 사람들에겐 함께 모여 이야기를 나눌 공간이 필요했다. 보광동은 한남뉴타운

3구역으로 지정되면서 부동산 투기꾼이 몰려들었고, 그때부터 마을은 조금씩 비어갔던 것이다. 평당 300만 원 하던 보광동 땅값이 어느새 평당 1,000만 원이 되더니, 개발이 가까워질수록 높아져만 갔다. 보광동에 허름한 주택을 갖고 있던 사람들은 부동산 로또에 당첨된 기분으로 집을 팔았다. 보광동 토박이들이 마을을 떠날 때마다, 떠나는 이들은 이웃에게 작별 선물로 백설기를 나눠줬다. 반평생 함께 산 보광동 이웃들은 아쉬워서 떠나는 이들의 손을 놓지 못했지만 먹고살기 위해서는 어쩔 수 없었다. 누군가는 자식들을 위해서 울며 겨자 먹기로 집을 팔아 돈을 보태주기도 했다. 그렇게 투기꾼의 손에 들어간 집들은 빈집으로 방치된 상태로 재개발을 기다렸다. 빈집이 늘어남에 따라 마을은 공동화되었다. 마을에 남은 이들은 대부분 서울 시내에서 저렴한 축에 속하는 월세 때문에 살고 있는 세입자들이었으므로 달리 갈 곳이 없었다. 재개발 공사가 시작되면 쫓겨날 처지에 처한 그들은 불안한 마음으로 하루하루를 보냈다.

이제는 카페 테라스에서 커피콩을 볶으며 골목길을 지

나는 사람들과 자연스럽게 인사를 나눴다. 손님들은 종종 발걸음을 멈추고 수다를 떨며 마을의 옛날 이야기를 들려줬다. 마을에 살던 누구는 누구하고 바람이 났었고, 누군가는 술 먹고 행패를 부리다 경찰에 끌려갔던 적이 있으며, 누구는 도박하다가 빚이 생겨 도망갔다는 이야기들이었다. 가끔 사건 사고의 주인공이 카페에 나타나면 나는 터져나오는 웃음을 억지로 참아야 했다. 바람나서 도망갔던 아저씨는 누군가의 말처럼 카사노바가 아니라 배가 나오고 머리 벗겨진 평범한 중년 아저씨였다. 가족을 버리고

총각이랑 살림을 차린 유부녀는 입소문처럼 마릴린 먼로를 닮기는커녕 뽀글머리 파마에 평범한 아줌마였다. 사건 사고의 중심이 되었던 이들은 잠시 다른 곳으로 도망갔다가 소문이 잠잠해질 때쯤 보광동으로 다시 돌아왔다.

보광동은 작은 시골처럼 이웃집 숟가락이 몇 개인지도 서로 다 아는 마을이었다. 대부분 문을 활짝 열어놓고 살아도 내보일 만한 살림살이가 없었다. 하루하루 빠듯하게 생활하는 사람이 대다수였다. 가끔은 외상 커피를 마시려는 사람도 있었다. 나는 매몰차게 외상 부탁을 거절할 수가 없어서 싫은 표정을 감추면서 외상을 해주곤 했다. 하지만 카페 운영은 월세를 겨우 낼 정도로 순탄하지 않았다. 평생 장사로 잔뼈가 굵은 할머니 삼총사는 이런 사정을 쉽게 눈치챘고, 그들은 아침 장사가 중요하다며 틈만 나면 찾아와 아침 첫 손님이 되어주었던 것이다.

우중충하게 입지 마, 전쟁 났어?

보광동 중앙교회에 있는 늙은 느티나무에 연초록 잎사귀들이 돋아올랐다. 옥상에 올려진 화분에도 붉은 철쭉꽃이 피어나고, 도로 틈새에도 민들레 풀꽃이 올라왔다. 봄이 깊어지자 겨우내 우중충했던 보광동에도 다양한 색채가 입혀졌다. 보광동 사람들은 두꺼운 패딩 옷을 벗어던지고 반짝이가 붙은 알록달록한 옷을 입었다. 보광동에 사는 이슬람 이웃들도 검은 히잡을 꽃이나 새가 그려진 화려한 스카프로 바꿔 썼다. 보광동 골목에는 다양한 피부색을 한 아이들이 다시 뛰어놀기 시작했다.

  가느다란 봄비가 내리는 날, 보광동 삼총사 언니들은

바다가 연상되는 스트라이프 티셔츠를 맞춰 입고 나왔다. 언니들을 위하여 부드러운 향기가 피어오르는 콜롬비아 수프리모가 담긴 잔을 테이블에 올려놓았다. 오늘도 잘 차려입은 할머니 삼총사들은 수다를 떨며 손톱에 붙인 보석으로 반짝이는 손에 들고 커피를 마셨다. 류머티즘 관절염으로 잘 굽어지지 않는 손가락과 주름진 손등으로 나이를 대충 가늠해봤다. 일흔은 넘어 보였다. 처음에는 어르신이라고 불렀다가 혼쭐이 났고, '꽃언니'로 호칭을 바꾸었다. 큰 꽃언니, 작은 꽃언니, 막내 꽃언니라고 주름살 순서대로 불렀다.

꽃언니들은 나를 '등대지기'라고 부르며 친근하게 대했다. 보광동 골목을 밝히는 등대지기라는 뜻이었다. 나는 사장이라는 거창한 직함보다는 보광동 등대지기라는 정겨운 호칭이 꽤 마음에 들었다. 마을의 일원이 된 기분이었다. 어느새 카페는 마을 사람들의 택배를 받아주거나 퇴근하는 부모님을 기다리는 아이들이 머물 수 있는 공간이 되어 있었다. 주말이면 외국인들이 자기 나라 사람들만의 모임을 갖는 공간이 되었고, 반려동물도 편안하게 드나들 수 있어 때로는 애견 카페가 되기도 했다.

아저씨 손님들은 카페를 여전히 다방이라고 불렀다. 그들은 가끔 호기를 부리며 내게 '아가씨, 옆에 앉아봐. 내가 커피 한잔 사지'라며 우쭐댔다. 이럴 때면 꽃언니들은 욕을 바가지로 하며 그들을 내쫓았다. 꽃언니들은 손님이 내게 반말을 하거나 예의 없이 굴 때면 어김없이 나서서 나무랐다. 덕분에 무례하거나 거친 말투로 말을 거는 아저씨 손님들은 점차 없어졌다. 꽃언니들은 그렇게 카페의 든든한 울타리가 되었다.

"막내 꽃언니, 실례지만 나이가 어떻게 되셨나요?"

나는 삼총사 중 가장 어려 보이는 꽃언니에게 물었다. 그녀는 푸른색 마린룩 티셔츠를 입고 바다 빛깔의 네일아트를 했다. 굵은 손마디와 절뚝거리는 걸음 상태로 봤을 때 나이가 꽤 많은 듯했다.

"한강 다리 끊어질 때 열여섯 살이었지. 보광동에서 태어나서 피난 갈 적 빼고는 한 번도 동네를 떠난 적이 없지."

나는 그녀의 나이를 더듬어 보았다. 한국전쟁 당시 열여섯이었으니 그녀는 이미 80대였다.

"나이에 비해 너무나 젊어 보이세요."

나는 세세하게 그녀의 모습을 살펴봤다. 비록 굵은 목주름이 있었지만 70대 초반으로 보였다. 그녀는 젊어 보인다는 말에 활짝 웃었다. 나는 나이를 여쭤보자마자 한강 다리 이야기를 꺼낸 것이 신경 쓰였다.

"한강 다리가 끊긴 것을 보신 거예요?"

나는 한국전쟁을 책과 텔레비전으로만 봤다. 전쟁을 겪은 이가 내 눈 앞에 있다는 사실에, 역사의 산 증인을 마주한 것 같아 마음이 조금 무거워졌다.

"그래, 그날 밤에도 떡을 만들고 있었지. 내가 밤늦게까지 떡을 만들면 엄마가 새벽에 서울역에 가지고 가서 팔았어. 그날도 밤이 참 어두웠어. 멀리서 폭탄 터지는 소리가 들렸는데, 깜짝 놀라 집에서 나가보니 한강물이 용솟음쳤어. 우리 집 낡은 대들보가 시계추처럼 흔들려서 집이 무너질까 무서웠지. 떡시루를 팽개치고 집 밖으로 내달렸어. 동네 사람들도 모두 밖으로 나왔지. 어둠 속에서 불꽃이 보였어. 마을 사람들은 계속되는 굉음과 번쩍거리는 불빛에 놀라서 경의선 철도가 지나는 쌍굴다리 밑으로 숨었어."

잠시 말을 멈춘 그녀는 그날을 회상하며 카페 천장에 매달린 샹들리에를 응시했다. 그녀는 불안한 감정을 숨기려는 듯 반짝거리는 손톱의 보석을 만지작거리고 있었다. 천천히 커피를 한 모금 넘기고는 이야기를 이어나갔다.

"그때는 핸드폰도 없었잖아. 무슨 일이 생긴 건 분명했는데 도대체 알 수가 없었어. 정말 답답했어. 우리는 밤새 쌍굴다리 밑에 숨어서 벌벌 떨었어. 새벽이 어슴푸레 올 무렵, 우리는 용기를 내서 쌍굴다리에서 나왔어. 어제까지만 해도 그렇게 튼튼해 보이던 한강 다리가 처참히 무너져 있었고, 다리 주변에는 자동차와 시체가 둥둥 떠 있었어.

위에서 인민군들이 오고 있는 것이 분명한데, 라디오를 틀어도 아무런 소리가 들리지 않았어. 그때 대포 쏘는 소리가 남산 너머에서 들렸어. 마을 청년이 남산에 급히 올라갔다 와서 소식을 전했어. 남산 밑으로 중앙청에 인민군 깃발이 나부끼고 인민군들이 지프차를 끌고 오고 있다는 거야. 마을 이장님은 빨리 각자 집으로 가서 짐을 챙겨 피난을 가야 한다고 했어. 서둘러야 한다고 우릴 다급하게 집으로 보냈지. 피난 짐을 챙겨온 마을 사람들은 경의선 철도길을 따라 약수동을 향해 걸었어. 그러다 행군해오는 인민군과 마주쳐버렸고, 따발총을 가슴에 맨 인민군 장교가 서울이 해방이 되었으니 마을로 돌아가라며 피난길을 막았어. 이장님이 나서서 내려가게 해달라고 통사정해도 소용없었어. 시퍼런 총검을 무섭게 들이댈 뿐이었지. 사람들은 독 안에 든 생쥐처럼 보광동에 갇혔어. 그때까지만 해도 한강 다리가 폭파되는 것보다 무섭고 끔찍한 일이 벌어질 거라고는 꿈에도 몰랐지."

그녀는 한강 다리가 폭파되던 그날의 이야기를 떨리는 어투로 늘어놓았다. 그 이야기를 들으며 어느 현충일 방송에서 봤던 폭파로 끊어진 한강 다리가 떠올랐다. 잠시 핸드폰으로 폭파된 한강 다리의 사진을 검색해보았다. 엿가락처럼 휘어진 처참한 몰골이었다. 그녀는 평생 잊지 못한 전쟁의 기억을, 그중 아주 작은 단편을 들려주고는 휘청거리면서 자리를 털고 일어났다. 오늘은 이만 가보겠다고 나지막한 인사와 함께 카페를 나섰다. 다른 꽃언니들도 말없이 따라 나갔다.

꽃언니들이 떠난 카페에는 다시 음악 소리만 흩어지고 있었다. 나는 커피잔을 치우고 테이블을 닦았다. 꽃언니들이 앉았던 테이블에서 작은 무언가가 반짝였다. 막내 꽃언니의 손톱 끝에서 떨어져 나온 푸른색 보석이었다.

꽃언니들의 인생사를 들은 것은 그날로부터 며칠 뒤였다. 큰 꽃언니가 먼저 이야기를 시작했다. 선생님을 꿈꾸던 큰 꽃언니는 전쟁 나던 해 스물두 살이었다. 그녀는 예천의 부잣집 막내딸로 태어나 돈 걱정 없이 대구사범학교에 다녔다. 전쟁이 나자 연합군과 인민군은 낙동강 전선에서 우위를 점하기 위해서 예천 가까이서 치열한 공방전을 했다. 언니는 학교를 그만두고 군인들을 피해 시집을 갔다. 남편이 어떤 사람인지도 모른 채 급하게 결혼을 해버린 것이다. 남편은 아내를 함부로 대하는 사람이었고, 폭력을 견디다 못해 시댁에서 도망쳤다. 결국 혼자 보광동으로 올라왔고, 먹고살 방도가 없어 어느 부잣집 노인네의 첩실로 살면서 평생 수모를 당해야 했다. 원주에서 살았던 스무살 작은 꽃언니는 영화배우가 되고 싶었다. 작은 꽃언니는 원주에서 유명할 정도로 큰 키에 늘씬한 몸매를 가져서 사람들의 이목을 끌었다. 그러나 전쟁이 나자 원주에도 폭격이 쏟아졌고, 언니의 집도 무사하지 못했다. 춘천 피난민촌으로 도망쳐왔지만 군인들이 수시로 들이닥쳐 여자들을 끌고 갔다. 언니는 얼굴에 잿가루를 바르고 할머니 옷을 뒤집어쓰고 있었지만 언제 잡혀갈지 몰라 불안에 떨고 있었다. 부모님은 피난민 촌에서 만난 청년에게 급하게 언니를 시집보냈다. 언니의 남편은 아들 하나만 남기고 일찍 세상을 떠났다. 언니는 아이를 데리고 홀로 보광동으로 올라와 식당일을 하면서 아이를 키웠다. 집안 대대로 보광동에 살았던 막내 꽃언니는 미국 영화에 나오는 멋진 커리어 우먼이 되고 싶었다. 취직해서 돈을 모아 집도 사드리고 용산에서 가장 큰 방앗간도 차려드리고 싶었다. 언니가 어머니의 떡 장사를 도우며 상업고등학교를 다니고 있을 때 전쟁이 터졌다. 어머니는 전쟁 통에는 여자아이들이 몹쓸 짓을 당한다고 재빨리 피난길에 나서려 했다. 한강 다리가 끊어져 보광동에 갇혔음에도 나룻배를 타고 몰래 한강을 건넜다. 말죽거리에서 수원까지 걸어가서 기차를 탔다. 그런데 기차는 조치원을 지나다가 폭격을 맞아 탈선되었고, 수많은 사람들이 기차에서 떨어져서 죽었다. 서울 수복 이후 보광동으로 돌아왔지만 폭격으로 집이 무너져내린 상태였다. 어머니는 전쟁으로 혼란한 시기에 미군과 국군으로부터 딸을 지키려고 이웃 청년에게 급하게 시집을 보냈다.

그녀들의 이야기를 차례차례 들으며 문득 화려한 네일아트를 하는 이유가 궁금해져 물어보았다. 언니들은 전쟁통에 신부 옷도 입어보지 못하고 시집간 것이 한이 되어서 한풀이하는 것이라고 말해주었다. 꽃언니들은 전쟁 때문에 꿈을 펼쳐보지 못하고 호된 시집살이로 고생하며 늙었고, 이제는 남편들이 모두 세상을 떠나고 자식들도 나가 살게 된 지 오래였다. 하루를 더 살지, 일 년을 더 살지, 앞으로 얼마나 더 살지 모르는 나이가 되어서야 자유를 찾은 꽃언니들은 살아 있는 동안 자신을 화려하게 가꾸어보고 싶다고 했다.

그렇게 그녀들은 일부러 화려한 장신구와 의상을 찾았다. 이태원 옷가게를 돌아다니고 홈쇼핑을 보며 자신만의 패션스타일을 만들었다. 세 할머니는 화려한 옷차림으로 보광동 골목을 거닐었고, 할머니 패션계의 패션 리더가 되었다. 사람들은 종종 부러움과 질투가 담긴 말을 던졌고, 그때마다 그녀들은 '내 나이가 어때서'라고 당당하게 응수하곤 했다.

"등대지기, 우중충하게 입고 다니지 마. 전쟁 났어? 밝게 입어야 좋은 기운이 들어와."

막내 꽃언니는 종종 내 옷차림을 보며 한마디씩 했다. 나는 대개 검은색 앞치마와 검은색 티셔츠에 바지를 마구잡이로 입고 다녔다. 우울증이 생긴 이후로 옷에는 크게 신경을 쓰지 않았다. 옷을 사고 싶은 생각도 없었다. 인터넷에서 같은 옷을 어두운 색으로 서너 벌 사서 돌려 입고 다녔다. 우울한 옷차림의 나와는 달리 꽃언니들은 매번 사탕 가게의 젤리빈처럼 알록달록한 옷을 입고 나왔다. 꽃언니들은 자신들의 모습을 즐기며 스스로를 아끼고 있었다.

외로운 마을 보광동

커피 생두를 체에 담아 카페 테라스에 앉았다. 시골에서
는 가을걷이를 끝낸 할머니들이 마을회관에 모여 앉아서
못생기고 깨진 콩을 고를 시기였다. 나도 할머니들처럼
앉아 일그러진 커피콩을 골랐다. 커피콩을 고르면 세상일
을 쉽게 잊어버릴 수 있었다. 까다롭게 고르고 고른 커피
콩을 로스터기에 담아 볶았다. 로스터기를 좌우로 흔들자
생두가 타다닥 하는 소리를 내며 균열이 갔다. 눈으로 커
피콩이 구워지는 색을 살피고 코로는 커피 향을 맡았다.

NGO에서 활동할 시절에 만났던 동티모르 커피 농장
의 엄마들은 아침마다 진흙 아궁이에서 커피콩을 볶는다

고 했다. 동티모르 엄마들이 만드는 커피 맛은 커피 전문점의 훈련된 바리스타가 만드는 계산된 커피 맛이 아니었다. 동티모르 흙냄새와 적도의 따가운 태양이 담겨 원시적인 생명력이 느껴지는 맛이었다. 비록 카페를 찾는 손님은 적었어도 나는 동티모르 엄마들처럼 매일 사용할 커피를 직접 로스팅했다. 단 냄새가 나는 쌉싸름한 커피 연기가 미로 같은 골목길에 퍼졌다.

보광동에서 겨울과 봄을 보내고 여름을 앞두고 있었다. 두 계절을 보내고 나니 마을 사람들의 사연을 속속들이 알 수 있었다. 한강가의 작은 마을이었던 보광동은 폭격으로 쑥대밭이 되었으나 전쟁 이후 미군 기지가 들어오면서 급격한 변화를 겪었다. 보광동의 싼 땅값과 미군 기지를 보고 전국에서 사람들이 보광동으로 이주해왔다. 미군 기지 주변에 자리를 잡고 성매매를 하거나 미제 물건을 밀수하거나 미군 기지에서 나오는 폐기물을 주워 고쳐다가 팔았다. 미군 기지에서 나오는 물건은 쓰레기라도 좋다고 하던 시절이었다. 아이들은 구두통을 들고 'shoe shine, shoe shine'을 외쳐가며 군화를 닦아주었고, 여자들은 미군들의 빨래를 해주며 돈을 벌었다. 몇몇 보광동 주민들은 미군과 결혼하여 미국으로 이민을 가거나 다른 마을로 떠났다. 그러다 미군 기지 이전이 시작되어 보광동 경기가 안 좋아지자 그 빈자리를 세계 각지에서 온 이주민들이 채웠다. 대다수의 사람들이 이태원 일대의 유흥업소에서 일하는 월세 세입자였다.

그곳에서 서울 다른 동네에서는 만나기 어려운 수많은 사람을 만났다. 검은 히잡을 뒤집어쓴 아랍 여인, 이태원 나이트클럽에서 일하는 러시아 댄서, 미군 기지에서 일하는 필리핀 보모, 큰 키에 화려한 화장을 한 트랜스젠더, 나이 든 유흥업소 아가씨, 게이 바 바텐더 등이 자주 카페를 찾았다. 종종 그들의 고민을 들으며 다양한 삶의 형태를 상상하고 이해할 수 있었다. 이들은 보광동에서는 모두 평범한 이웃이었지만, 주류 사회에서는 소외되거나 사회 안전망으로부터 제외된 사람이었다.

보광동 카페 손님들 중에서 가장 특이한 유형의 손님 그룹은 바로 한때 보광동 상권의 주축이었다는 무속인들이었다. 무속인이 점을 보는 손님과 커피를 마시면서 부채나 방울을 흔들거나 타로카드를 펼쳐 진지한 표정으로 장광설을 늘어놓는 모습을 심심치 않게 볼 수 있었다. 먹고사는 삶의 유형은 매우 다양하지만 인간의 가진 고민은 대부분 비슷했다. 대부분 연애, 취업, 자식, 부부관계 등의 문제로 무속인을 찾았다. 무속인들은 미래에 대한 예언도 했지만 심리상담사가 되어 손님들의 이야기를 들어주는 것이 주된 업무였다. 나는 커피를 만드는 카페 사장이었지만 무속인들처럼 손님들의 가슴 깊은 곳에서 흘러나오는 이야기를 듣는 건 마찬가지였다.

한동안 극심한 우울증에 빠져 세상에서 가장 불행한 건 나라고 자조하며 지냈지만, 보광동에 카페를 열고 수많은 손님들의 속사정을 들으며 달라지기 시작했다. 내 고통과 불행이 마치 세상에서 가장 끔찍한 것처럼 과장하거나 세상에 나 혼자 버려진 것처럼 외로워하지 않게 되었다. 보광동 사람들은 나만큼 무거운, 아니 그보다 더한 삶의 무게를 견디면서도 환하게 웃었다. 나는 그들과 함께하며 소소한 하루에 감사하고 삶을 축복하는 방법을 배웠다.

보광동에는 가슴 아픈 사연이 많았다. 유달리 독거노

인이 많은 동네로, 어르신들은 하루 종일 보광동 골목길에 앉아서 지나가는 사람들을 보면서 시간을 보냈다. 자녀가 있어도 연락이 끊긴 경우가 대다수였다. 카페 옆집에 살았던 할머니도 서른에 남편을 잃고 세 자녀와 덩그러니 남았다. 용산역에서 밤새 전철을 닦아 번 돈으로 세 자녀를 키워냈다. 하지만 자식들은 할머니를 돌보지 않았다. 지붕이 반쯤 무너져 내린 낡은 집에서 할머니는 홀로 겨울을 났다. 지난겨울에는 다섯 번이나 쓰러져서 병원에 실려 가고 돌아오기를 반복했다. 이웃 사람들은 홀로 지

내는 할머니에게 음식을 가져다주고 옷도 빨아주었다. 다른 할머니는 홀로 단칸방을 뒹굴며 고통스러워하다가 이웃에게 발견됐다. 겨울의 끝 무렵이었다. 할머니는 구급차에 실려서 급히 병원으로 갔다가 돌아오지 못했다. 마을 사람들은 주민자치센터 지원을 받아서 할머니 장례를 치렀다. 보광동 카페 손님들과 할머니의 마지막을 배웅하러 장례식장에 갔다. 우리는 할머니 영정 앞에서 평소에 할머니가 좋아하던 '개나리 처녀'를 불렀다. 보광동 사람들 덕분에 할머니는 세상을 떠나는 길에나마 외롭지 않았다.

　카페 창문으로 종종 사이렌을 울리며 좁은 골목을 오르는 구급차를 볼 때가 있다. 병원에 갔다가 돌아오는 이도 있었지만 돌아오지 못하는 이도 있었다. 때로는 홀로 사망한 어르신이 담요에 쌓여 실려 나갔다. 담요로도 덮지 못한 그들의 식은 발을 볼 때마다 마음이 아팠다. 한평생을 열심히 살고도 마지막 길을 홀로 떠난다는 것은 너무도 슬픈 일이었다.

난 신을 믿지 않아

팔순이 넘은 어르신이 마닐라삼으로 만든 모자와 하와이 꽃이 그려진 화려한 셔츠 차림으로 카페에 왔다. 보광동에서 유명한 '투덜이 스머프'였다. 그는 매일같이 투덜거렸다. 길가에 버려진 쓰레기에도 골목길을 빠른 속도로 지나는 오토바이에도 짜증을 냈다. 벚꽃비가 내리는 날에는 벚꽃이 발에 차인다고, 햇빛이 강렬한 날에는 눈이 부시다고 투덜댔다. 그는 영락없이 만화 〈스머프〉에 나오는, 늘 투덜거리는 주인공 같았다. '투덜이 스머프'라는 별명이 그에게는 맞춤옷처럼 어울렸다.

나는 그런 그를 이해할 수 있었다. 그도 예전의 나처럼 우울증에서 벗어나지 못하고 있는 것 같았다. 나도 한때는 창틀에 스며든 햇살을 보고도 화가 난 적이 있었다. 누가 한마디만 건네도 별다른 이유 없이 버럭 소리를 지르고 분노조절장애라는 진단을 받기도 했다. 투덜이 스머프도 경로당 친구들과 입씨름하다가 감정을 조절하지 못하는 경우가 많았다. 화를 참지 못하고 전봇대를 걷어찼다가 발등을 다치기까지 했다. 그를 보면 예전의 내가 떠올라 그가 올 때마다 각별히 신경 써서 대접했다.

나는 고흐가 평생 마셨다는 예멘에서 온 골든 모카 마타하리 원두를 분쇄기에 넣었다. 예멘의 흙냄새와 초콜릿 향미가 피어올랐다. 유리잔에 얼음 조각을 넣고 커피를 부었다. 그의 테이블에 커피잔을 올려놓고 꽃언니의 이야기가 생각나서 조심스럽게 말을 걸었다. 한강 다리가 폭파될 때 보광동에 있었는지를 물었다. 그는 입버릇처럼 보광동에서 태어나서 보광동에서 평생을 살아왔다고 자랑했었다.

"고릿적 이야기를 왜 꺼내."

투덜이 스머프는 선글라스를 벗으면서 머리가 아픈 듯

습관처럼 관자놀이를 눌렀다. 건강 상태가 좋지 않아 보였다. 류머티즘 관절염으로 무릎은 부어올랐고 몸에는 활력이 없었다. 그는 카페 스피커에서 흘러나오는 음악이 시끄럽다며 짜증을 냈고, 그의 취향에 맞추어 50년대 은은한 올드 팝으로 바꾸었다.

그때 병원 치료를 받고 돌아오던 보광동 언니가 카페에서 커피를 마시는 투덜이 스머프를 발견하고 들어왔다. 그들은 어린 시절부터 보광동에서 함께 지내온 이웃사촌이었다. 두 사람은 여태 보광동을 한 번도 떠나지 않았다. 일제강점기 시절에는 아래 보광마을에 있던 개풍유치원에 다녔고, 일본 군복을 입은 선생님을 따라 남산에 있던 조선신궁까지 소풍을 갔다. 유치원을 졸업하고 한남소학교를 다녔고 한국전쟁도 함께 겪었다. 보광동 언니가 투덜이 스머프네 집안으로 시집을 가면서 이웃사촌에서 집안 아저씨와 조카 사이가 되었다.

오랜 동무인 두 사람은 남녀 사이의 긴장감이나 어색함 없이 말이나 태도가 자연스러웠다. 탯줄을 묻은 마을에서 평생을 살아온 두 사람의 친근함을 보면 질투마저 났다. 그들은 탯줄을 묻은 땅과 보이지 않는 끈으로 연결되어 있는 것 같았다. 그 땅에서 태어나 생명을 받고 평생을 살며, 다시 그 땅으로 돌아갈 수 있는 축복받은 사람들이었다.

투덜이 스머프가 자리에서 일어나서 카페로 들어서는 보광동 언니에게 자연스러운 영어 발음으로 "What a beautiful day!"라고 인사를 건넸다. 감정 기복이 심한 그는 우울하면 짜증을 냈고 기분이 좋으면 영어로 인사하거나 올드 팝을 흥얼거리기도 했다. 보광동 언니는 우리가 무슨 이야길 하고 있었는지 듣고는 장난기 넘치는 얼굴로 어린 시절에 했을 법한 몸짓으로 투덜이 스머프의 팔을 툭툭 치며 놀려댔다.

"투덜이 아저씨, 기억나? 우리 쌍굴다리 밑에서 솜 포대기는 총탄이 못 뚫는다고, 그 더운 여름에 솜이불을 쓰고 숨었잖아. 그 밤에 다리가 끊어진 줄도 모르고 철수하던 군인들이 트럭과 함께 한강 물로 퉁퉁 빠졌는데, 그때 그 소리를 듣고 아저씨가 놀라서 바지에 오줌을 지렸잖아. 지독한 오줌 지린내가 아직도 기억난다니까."

보광동 언니가 투덜이 스머프를 놀리기 시작했다. 그녀는 한강 다리가 폭파되던 날을 어제 일처럼 생생하게 기억해냈다. 깊은 밤, 마을 사람들은 한강에서 들리는 폭음을 듣고 경원선 철도 아래 쌍굴다리 밑으로 뛰어 들어갔다. 그녀가 말하는 쌍굴다리의 철둑길에는 지금도 서울과 문산을 연결하는 기차가 달린다.

　1950년 6월 28일 새벽, 한강 다리에서 불꽃이 솟아오르고 폭발음이 주변 마을을 흔들었다. 한강 다리가 끊긴 줄 모르고 철수하던 군용 트럭이 한강물에 빠지면서 수많은 사람이 목숨을 잃었다.* 보광동 사람들은 6월 27일 밤에 마을 원두막에 모여 대통령의 라디오 방송을 들었다. 서울 시민들은 안심하라는 대통령의 말을 철석같이 믿고 피난을 가기 위해서 쌓던 짐을 풀었다. 그러나 얼마 지나지 않아서 한강 다리가 폭파됐다. 한강 이북 서울 시민들의

---

*　1950년 6월 28일 오전 2시 30분, 육군은 북한군의 남침을 막기 위해 한강 5개교 (한강대교, 3개의 철교, 광진교)를 폭파했다. 서울 일원에 배치되었던 한국군은 한강 이북에 있던 상당수 병력과 중장비, 보급품을 상실했다.

피난길이 끊어진 것이다.

얼마 전 석양을 보기 위해 자전거를 타고 노들섬에 들렀을 때, 한강 다리 폭파 때 살아남은 교각을 보았다. 석조로 만들어진 고풍스러운 다리 교각에는 푸르스름한 이끼가 피어올라 있었고, 누군가 스티로폼으로 사람이 거꾸로 떨어지는 사람 형상을 만들어 붙여 놓았다. 아름다운 석양을 받은 그 다리는 비참하고 슬퍼 보였다.

그날 밤 폭파로 한강 이북에서 급하게 철수하던 800여 명이 넘는 군인과 경찰, 시민이 죽었다. 그중에는 투덜이 스머프의 한남소학교 짝꿍이었던 숙이도 있었다. 숙이는 경찰인 아버지를 따라서 피난 트럭에 올랐다가 한강 다리가 무너지는 바람에 죽었다. 내가 노들섬에서 보았던 스티로폼으로 만든 사람 형상은 누군가 그때 죽은 이들을 추모하기 위한 것이라 한다. 60여 년 전 한강 다리 폭파로 수많은 사람이 다리에서 폭사했지만 그 사건은 역사로만 남았다. 노들섬에도 한강대교에도 비통하게 죽어간 사람들을 추모하는 작은 추모비나 명판조차 없다.

보광동 언니가 부끄러운 이야기를 꺼내자 투덜이 스머

프의 얼굴이 붉으락푸르락해졌다. 그는 보광동 토박이로 동네에서 나름 명망 있는 인사였다. 그런 그가 어린 시절 한강 다리 폭파 소리에 오줌 쌌다는 이야기는 품위를 손상시키기에 충분했다.

"조카는 아직도 쓸데없는 걸 기억해."

그는 얼음이 녹아 차가워진 드립 커피를 마시며 선글라스를 벗고 창밖을 내다보았다. 카페 창문 너머로 인천공항을 향하는 비행기가 작게 보였다. 보광동 언니와 투덜이 스머프는 말문을 닫고 비행기만 바라보았다. 한동안 불편한 침묵이 이어졌다.

그들은 비행기만 보이면 긴장했다. 언젠가 헬리콥터가 보광동 상공을 지날 때 혈압이 급격하게 올라서 119를 부르기도 했다. 119대원들은 용산 미군 기지에 헬기가 이착륙할 때마다 보광동 어르신들은 급격한 혈압상승이나 심장마비를 일으켜 종종 구급차가 출동한다고 했다.[*]

---

[*] 용산 미8군 기지에는 주한 미군 사령부와 그 예하의 미8군 사령부, 주한 미 해군 사령부, 주한 미 해병대 사령부, 주한 미 특수 작전사령부, 17항공여단, 1통신여단이 상주했다.

다른 동네 어르신들은 계모임을 만들어 해외여행을 다녀오곤 했지만 보광동은 달랐다. 보광동 어르신들은 비행기를 타는 것은커녕 소리에도 치를 떨어서 제주도조차 가보지 않았다. 보광동 언니는 미국에 사는 손녀 결혼식에 참석하기 위해서 하는 수 없이 비행기를 탔다가 죽을 고비를 넘겼다. 심리 상담을 받고 우황청심환을 먹어도 소용이 없었다. 비행기에 올라타자마자 심장이 터질 것 같았고 숨이 막혀왔다. 가족과 승무원의 도움으로 10시간이 넘는 비행 시간을 간신히 버티고 미국 공항에 도착할 즈음에는 파죽음이 되었다. 돌아오는 비행기를 타야 한다는 사실이 두려워 결혼식 내내 불안을 감추지 못했다.

비행기를 바라보던 투덜이 스머프는 두통으로 표정이 일그러졌다. 관자놀이를 손으로 세게 누르며 나직하게 말했다.

"용산에 장맛비처럼 폭탄이 떨어졌어. 우리는 안심하라는 대통령 말만 철석같이 믿었는데. 과수원도, 집도, 학교도, 뒷동산에서 놀던 염소도 폭탄을 맞았어."

투덜이 스머프는 한숨을 내쉬었다. 그는 폭격이 시작되자 김치 항아리를 보관하던 구덩이에 숨었다. 그 안에서 폭발음과 비명소리가 들려올 때마다 몸부림을 쳤다. 폭격으로 땅이 울려 지진이 난 것처럼 흔들렸다. 폭격이 끝나고 나서 구덩이에서 기어 나와 주변을 살폈다. 불타버린 집들 사이로 살아남은 사람들의 아우성과 통곡이 메아리쳤다. 길거리에는 팔다리가 잘린 사람들이, 그들의 잘려나간 팔다리가 수없이 많았다. 부상자를 옮겨야 할 병원도 폭격을 맞아 사람들을 치료할 곳도 없었다. 마을 사람들은 십자가가 높게 매달린 교회는 안전할 것이라고 생각하고 보광동교회로 피했다. 그러나 교회도 폭격을 맞아 무너져 내렸고 수많은 사람들이 그 안에서 불에 타거나 건물에 깔려 목숨을 잃었다.*

투덜이 스머프는 용산 폭격이 절정에 달했던 1950년 7월 16일을 평생 잊지 못했다. 하늘을 덮은 새까만 전투기들이 용산을 한순간에 잿더미로 만들었다. 들판의 토끼에게도 창공에 날쌘 매가 보이면 숨을 굴이 있다. 하지만 폭

---

* 보광동교회는 둔지미 마을에 있었으나 일본군 기지가 건설되면서 보광동으로 강제 이주되었다. 한국전쟁 중에는 폭격으로 교회 전면이 내려앉았는데, 전쟁 후 시 유지를 분할받아서 우사단으로 재이전했다.

격기가 하늘을 뒤덮은 날 용산 사람들은 숨을 곳이 없어 폭격을 고스란히 맞아야 했다. 그날의 이야기를 듣던 보광동 언니도 얼굴이 상기된 채 말을 쏟아냈다.

"한강에 빨래하러 나가는데 이 박사 처갓집 정찰기가 잠자리처럼 우르르 떠서 시끄럽게 소리를 냈어.* 한강 일대를 순회하고 있었지. 그러더니 B-29 폭격기가 무겁게 비행해왔어. 공습 사이렌이 울리는데 어디 피할 곳이 없었어. 햇살을 받아 반짝이는 폭격기를 넋을 잃고 바라보는데 동네 아주머니가 빨리 숨으라고 소리를 질렀어."

폭격기를 본 보광동 언니는 놀라서 느티나무** 그루터기에 난 구멍으로 기어 들어갔다. 영험하기로 소문난 느티나무 밑이라면 안전할 것이라 생각했다. 7월 16일 폭격

---

* 이승만의 아내 프란체스카는 오스트리아인이었는데, 당시 사람들은 곧잘 오스트리아를 오스트레일리아(호주)로 착각했다. 그래서 미군 정찰기를 호주군이 파견한 공군 전투기와 헷갈려 대통령의 처갓집에서 정찰기를 보냈다고 착각하는 사람이 많았고, 미군 폭격기를 '호주기'라고 부르기도 했다.

** 수령 500년이 넘은 이 느티나무는 무속인들 사이에서 '민비성황당'이라 불리며 용궁으로 들어가는 문이 있다는 전설이 내려온다. 보광동에서는 단옷날마다 이 느티나무에 그네를 걸고 그네 대회를 했고, 나무 아래 넉바위에서는 사람들이 모여 빨래를 하곤 했다.

으로 남산 아래 모든 마을은 불탔다. 서울역도 용산역도 폭격을 맞아서 무너져 내렸다. 효창동, 용문동, 한강로는 일주일 넘게 불타올라 용산 일대에 연기가 자욱했다. 동빙고는 모래더미만 남았고 폭격을 맞은 보광동 언니네 집도 무너져 내렸다. 신도복숭아로 유명했던 보광동 과수원도 잿더미로 변했다. 한강 얼음을 보관하던 석빙고 안으로 피신했던 사람들도 죽었다.[***]

투덜이 스머프는 눈을 감고 언니의 이야기를 들었다. 그의 손가락은 신경질적으로 테이블을 두드렸다. 그가 스트레스를 받거나 화가 날 때 하는 습관이었다. 그는 한숨을 내쉬면서 말을 꺼냈다.

"지하철역에서 교회쟁이들이 불신지옥이라고 하는데, 난 신을 믿지 않아. 죄 없는 사람들이 폭격을 맞을 이유가 없었어. 온 동네가 불바다였어. 미국 전쟁 영화를 봐도 그

[***] 1950년 7월 16일 미 공군 기지에서 날아온 미군 B-29 폭격기 47대가 용산을 폭격했다. 인민군이 장악하고 있던 용산 철도 기지가 주요 목표물이었다. 미군 폭격기 전력의 83%가 동원된 대규모 폭격으로, 225kg의 파괴 폭탄 1,504발을 용산에 투하했다. (기사 「남일당, 그리고 이곳… 용산4구역에 숨겨진 역사」-2019년 7월 5일 《오마이뉴스》 게재 참조)

해 여름 폭격에 비하면 아무것도 아니야. 영화는 애들 장난이지."

투덜이 스머프는 주름진 손바닥을 활짝 펴고 폭격기가 한강 위를 낮게 비행해서 마을로 다가오는 모습을 보여줬다. 미군 정찰기는 종종, 아니 자주 민간인을 적군으로 오인했다. 피난민을 실은 우마차를 본 정찰기는 인민군으로 판단하여 폭격기 지원을 요청했고, 우마차가 지나던 한남동 굴다리에 포탄을 투하했다. 이미 폭격으로 집을 잃고 굴다리 아래에서 생활하던 피난민들은 모두 불타 죽어서 온전한 시신이 없었다고 한다.

"폭격기를 피해서 도망치면서 하느님, 부처님, 예수님, 신령님, 보살님 등 세상에 있는 신이라는 신은 다 불렀어. 그런데 그 누구도 폭격을 멈추게 하지 않았어. 우리 마을을 지키던 김유신 사당과 제갈공명 사당도 폭격을 맞아서 불탔어. 제갈공명의 신통한 부채도 폭격기 앞에선 종이와 나무 쪼가리에 불과했지."

투덜이 스머프는 얼음물을 벌컥벌컥 마셨다.

"내 나이가 이제 내일모레면 아흔이야. 예수쟁이들이

떠들어대는 예수 믿지 않으면 죽어서 지옥 간다는 말이 뭐가 무섭겠어. 게다가 그때가 바로 화탕지옥*이었지. 그만한 지옥은 죽어서도 없을 거야."

전쟁이 시작된 후로 온 마을이 황폐화되고 생필품도 들어오지 않았다. 폭격 때문에 먹을 것을 찾아 돌아다니는 것도 위험했다. 하루는 한남동 나루터에서 대기하던 인민군 전차가 폭격을 맞았는데, 마을 사람들은 전차에서 인민군 시체를 꺼내고 불에 그을린 군량미를 가져왔다. 그 쌀로 죽을 쑤어서 나누어 먹었다. 화약 냄새가 심했지만 살기 위해서는 어쩔 수 없었다. 어린 손자들에게 먹을 것을 양보하던 투덜이 스머프네 할아버지는 서울 수복 전에 결국 굶어 죽고 말았다. 굶주림을 참으려고 물을 벌컥벌컥 들이켜고 잠들었다 아침에 깨어나지 못했던 것이다. 그렇게 허망하게 죽어간 사람들이 수두룩했다.

폭격기가 오지 않는 깊은 밤, 할아버지를 이불에 싸서 우사단 언덕에 묻었다. 우사단 언덕에는 폭격을 맞아 죽

---

* 불교의 지옥 중 하나로, 이곳에서는 심판을 통과하지 못한 중생들이 엄청난 크기의 무쇠솥에 끓고 있는 물에 같이 끓여진다고 한다.

은 사람, 굶어 죽은 사람, 인민군에게 죽은 사람 가릴 것
없이 이곳저곳에 묻혀 있었다. 할아버지를 묻은 자리에
돌로 정성스럽게 표시를 해두고 돌아왔으나 전쟁이 끝나
고 찾아왔을 때는 이미 무수히 많은 무덤이 생겨나 있었
다. 할아버지를 좋은 곳으로 이장해드리기는커녕 묻은 흔
적조차 찾을 수 없었다.*

　　그해 여름의 폭격을 겪은 어르신들은 대개 특이한 행동
을 했다. 마을 잔치가 열리는 날이면 남은 음식을 가지고
아귀다툼이 벌어졌다. 돼지 머릿고기 같은 흔한 잔치 음
식을 더 많이 가져가겠다고 서로 목소리를 높이며 다투는
식이었다. 그들은 음식에 대한 집착이 유달리 심했다. 마
을 잔치나 경로 잔치에는 모두 배불리 먹을 만큼의 음식
이 준비되었지만 나이 든 어르신들은 항상 음식을 더 챙
기려고 칭얼대었다. 꽃언니들도 마찬가지였다. 평소 우아
하기 그지없던 꽃언니들도 음식 앞에서는 다르지 않았다.

<hr />

*　　1950년 6월 25일부터 9월 28일까지 폭격으로 사망한 용산구민만 1,500여 명에
　　달하고, 용산에 있는 건물 중 70%가 폭격을 맞았다.

그렇게 버둥거리며 챙긴 음식을 냉장고에 집어넣고는 결국 상할 때까지 잊어버렸다.

나는 그동안 어르신들이 음식에 집착하는 것을 치매의 한 행태라고 생각했다. 하지만 보광동 어르신들의 이야기를 듣고 나서야 그 세대가 그토록 음식에 집착하는 이유를 이해할 수 있었다. 굶주림을 경험한 세대는 본능적으로 코브라처럼 음식을 집어넣었다. 뱃속이든 냉장고든 자신의 몫을 챙겨둬야만 한다는 강박이 있었다. 굶주림으로 생긴 트라우마였다. 그들이 싸온 음식 봉지를 보며 잔소리를 했던 기억이 떠올라 부끄러워졌다.

투덜이 스머프와 보광동 언니는 폭격보다 무서운 것이 배고픔이라고 했다. 아무것도 먹지 못해 서서히 다가오는 죽음의 공포를 경험해보지 않은 이들이 그들의 마음을 이해할 수는 없었다. 내가 경험한 배고픔은 고작 단식원에서 몸보신하면서 며칠 굶어본 것뿐이었으니 그들이 겪었을 무기력과 공포를 헤아릴 수 있을 리가 없었다.

그해 여름 보광동 사람들은 논 한 마지기도 없는 서울 한복판에서 식량을 구하기 위해 필사적으로 뛰어다녔다.

그 와중에 쏟아지는 폭격과 잔혹한 인민군도 피해야 했다. 생사를 넘나드는 하루가 기약 없이 이어졌다. 말없이 앉아 있는 보광동 언니의 주름진 손이 눈에 들어왔다. 언니는 폭격을 피해다니며 옹이가 박인 손으로 한강 모래사장을 긁으면서 조개를 캐고, 남산 자락에서 풀뿌리를 캐서 어린 동생들을 먹였다. 전쟁이 끝난 후 언니는 영양실조로 한동안 시력을 잃어버리기도 했다. 투덜이 스머프도 산과 들을 사방팔방 돌아다니며 입에 넣을 수 있는 것은 다 씹어 삼켰다. 그때 푸성귀를 넣고 쓴 죽을 질도록 먹었고 수도 없이 탈이 났다. 전쟁이 끝난 후 한동안 야채를 쳐다보는 것도 힘들어했다.

어째서 죽고 죽여야만 했는지

카페에 무거운 침묵이 내려앉았다. 에어컨에서 찬 바람이 흘러나왔지만 가슴이 뜨겁고 답답했다. 투덜이 스머프와 보광동 언니는 말을 잊은 채 창문 밖으로 지나가는 사람들을 바라보았다. 밖은 이미 어둑했고 카페 영업 시간이 끝나갈 무렵이었다. 나는 근처 편의점에서 막걸리와 간단한 안주를 사서 돌아왔다. 손님들이 힘든 이야기를 터놓을 때면 같이 술을 마시며 그들의 이야기를 들었다.

보광동 언니와 투덜이 스머프에게 막걸리를 한 잔씩 건넸다. 우리는 막걸리를 단숨에 들이마시고 곧바로 다음 잔을 마셨다. 그렇게 셋이 연거푸 두 병을 비웠다. 세 병째 뚜껑을 열었을 때 언니의 얼굴이 벚꽃빛으로 물들었다. 음악을 트로트로 바꿨다. '너도 한 번 나도 한 번 누구나 한 번 왔다 가는 인생'이라는 후렴구를 따라 부르면서 같이 손바닥으로 테이블을 두드렸다. 취기에 힘입어 함께 흥을 냈다.

그 사이 투덜이 스머프의 유치원 친구가 골목길을 지나다 카페 문을 열고 들어왔다. 항상 뉴욕 양키스 야구단 모자를 깊게 눌러 쓰고 야구단 잠바를 입고 다녀서, 마을 사람들은 그를 '양키스'라고 불렀다.

"양키스, 오랜만이야. 막걸리 한잔해."

투덜이 스머프가 양키스에게 막걸리 잔을 건네고 보광동 언니가 잔이 넘치도록 술을 부었다. 보광동에서 한국전쟁을 겪은 양키스는 전쟁 트라우마에서 벗어나기 위해서 뉴욕으로 이민을 떠났다가 결국 보광동으로 돌아왔다.

"그래, 오늘은 무슨 이야기들을 하고 있었나?"

보광동 언니가 양키스의 어눌한 한국어를 놀리며 막걸리 병을 흔들었다.

"양키스는 막걸리 마셔야 한국말 돌아와."

양키스는 젊은 시절의 대부분을 영어를 쓰며 보낸 탓

에 한국어보다 영어가 익숙했다. 양키스의 한국어에는 늘 영어 발음이 섞여 있었다. 보광동에는 미군을 상대하거나 미군 기지에서 일하는 사람이 많다 보니 영어가 익숙한 사람이 많았지만, 그중에서도 양키스는 남달랐다.

투덜이 스머프가 고릿적 이야길 늘어놓고 있다고 투덜거리자 양키스의 몸이 흠칫 떨렸다. 양키스는 묵묵히 막걸리를 두 잔, 세 잔 연거푸 마시더니 입을 열었다. 보광동 언니 말대로 평소의 밝고 느끼한 그의 한국말이 차분하게 가라앉아 있었다.

해방 이후, 보광동에서 태어나서 함께 성장했던 친구들은 자신들의 이념에 따라 신탁과 반탁으로 갈라졌다. 낮에는 우익청년단원이, 밤에는 좌익청년단원이 자신들과 이념이 다른 사람들을 끌고 갔다. 용산 철도국에서 일하던 양키스의 큰형은 용산에서 유명한 우익청년단의 행동대원이었다. 큰형은 빨갱이를 잡는 일이 구국의 길이라면서 앞장서서 우익청년단원을 조직했고 함께 마을의 좌익청년들을 잡으러 다녔다. 마을 곳곳에서 밤마다 청년단원들끼리 싸우고 때리는 소리가 들려왔다. 때리는 사람도 맞는 사람도 모두 한동네에서 나고 자란 사람들이었다.

1950년 7월, 보광동에도 인민위원회가 설치되자 마을의 막노동꾼과 머슴들이 인민위원회 산하의 청년단을 꾸렸다. 한남나루터 주변에서 한강을 따라 내려오는 목재를 건져서 파는 '어릿간'이라는 나무시장에서 일하던 사람들이었다. 그들은 팔에 붉은 별이 새겨진 완장을 차고 마을 사람들을 괴롭혔다. 이북에서 온 인민군들은 마을 사정을 전혀 몰랐고, 이들이 평소 사이가 안 좋은 마을 사람들을 반동이라고 손가락질하자 인민군들은 그 사람들을 체포해서 어디론가 데려갔다. 사라진 이들은 대부분 돌아오지 못했다.

1950년 9월 어느 날, 사상교육을 명분으로 서른세 명의 마을 유지들을 모아 손을 뒤로 해서 통신선으로 묶었다. 그러고는 그들을 반동분자로 몰아 여울목으로 끌고 가서 총살했다. 마을에서 가장 존경받고 명망 있는 사람들이 모두 죽었다. 시신을 던진 모래 구덩이에서 아기를 업은 엄마가 기적적으로 살아나 이 사실을 알렸고, 마을 사람들은 용산 인민위원회로 몰려가서 격렬하게 항의했다. 곧 인민재판이 열렸다. 평양에서 온 인민재판장은 주민 학살은 청년단원들의 과잉행동이라고 결론 내리고 주동자들을 끌고 갔다. 학살주동자는 용산 내무서에 갇혔지만 전쟁 중에 어디론가 사라졌다.

양키스의 가족도 반동분자 명단에 올라 있었는데, 주동자들이 감옥에 갇히고 처형이 중단되면서 다행히 목숨을 부지할 수 있었다. 마을 사람들은 강을 건너 모래사장에 묻힌 서른두 명의 시신을 수습해서 마을로 돌아왔다. 마을 사람들은 눈물을 삼키고 원통하게 죽은 사람들을 오산학교 언덕에서 화장을 하고 묻었다. 그 후 마을에서는 공동 제사를 지내면서 죽은 이들을 추모했다. 아기를 등에 업은 채로 살아남은 아주머니는 아흔 넘게 살면서 내 목숨이 서른세 개라 열심히 살아야 된다고 입버릇처럼 말했다고 한다. 아주머니는 죽는 날이 다가오자, 모든 재산을 정리해서 마을의 가난한 이들을 위해 희사하고 세상을 떠났다.

용산에서 유명한 우익청년단원이었던 양키스의 큰형은 인민위원회의 탄압이 거세지자 위험을 느끼고 도망쳤다. 어깨에 붉은 완장을 찬 좌익청년단들은 큰형을 잡으러 집에 여러 번 찾아왔다. 매일 허탕을 치자 결국 좌익청년단원들은 도망친 큰형 대신 작은형을 잡아갔다. 용산에서 정비기술자로 일하던 작은형은 억울하다고 소릴 지르며 발버둥쳤고 어머니도 온몸을 내던져 작은형을 붙잡았지만 우르르 몰려온 좌익청년단원들을 당해낼 순 없었다. 어린 양키스는 어머니 손을 잡고 그들을 쫓아 아현초등학교로 갔다. 학교 운동장에는 서울 전역에서 잡혀온 수백 명의 사람들이 있었다. 학교 담장에 매달려 작은형 이름을 애타게 불러도 찾을 수 없었다. 인민군들은 잡아온 사람들을 끌고 미아리 고개를 넘어서 북으로 건너갔다. 전쟁이 끝나고 그들의 소식을 들었다는 이는 없었다.

어머니는 작은형이 미치도록 보고 싶어 미아리 고개를 발이 닳도록 올랐다. 북으로 끌려가던 이들이 미아리 고개에서 서울을 돌아보면서 울었다고, 도망쳐 온 누군가가 말해주었다. 어머니는 작은형 이름을 부르면서 미아리 고개에 앉아 통곡을 하다가 집으로 돌아왔다.

양키스의 큰형은 좌익청년단원을 피해 이촌동 친구 집에 숨어 있었다. 그 집이 하필 미군의 폭격을 맞아 순식간에 무너져 내렸다. 이촌동 일대가 폭격으로 쑥대밭이 됐다는 소식을 듣고 양키스와 어머니는 허겁지겁 큰형을 찾아 달려갔다. 그러나 큰형 친구의 집터는 잔해만 남아 있었고, 폭격을 그대로 맞은 큰형의 시체는 형체를 알아볼수 없을 만큼 참혹한 상태였다. 큰형의 시체를 수습해 수레에 싣고 동빙고 언덕에 올랐다. 온전하지 못한 시신을 드럼통에 넣고 장작을 쌓아 불을 올렸다. 주변을 둘러보니 폭격에 맞아 죽은 사람들을 화장하고 있었다. 팔 하나 다리 하나 찾지 못하는 것은 예삿일이었다. 시신을 거의 수습하지 못해 옷을 태우고 있는 사람도 보였다. 동빙고 언덕에는 폭격에 맞아 죽은 이들을 태우는 연기가 날마다 자욱하게 피어올랐다.

그렇게 그는 열두 살에 두 형을 전쟁으로 잃고 가장이 되었다. 전쟁 후에 그는 용산 미군 기지에서 미군 빨래를 받아 보광동 아주머니들에게 배달하는 일을 했다. 어머니는 가슴을 치면서 장성한 아들들을 잃어버렸다고 울다가 화병으로 일찍 돌아가셨다. 혼자가 된 그는 빨래를 나르며 귀동냥으로 영어를 배우고 미군 기지에 하우스보이로

들어갔다. 미군 막사에서 잔심부름을 도맡아 하면서 청소
년기를 보냈다. 성인이 된 이후에는 용산 미군 기지에서
군무원으로 일했고, 베트남 전쟁 때는 미국 회사에 소속
되어 베트남 군용기지에서 군무원으로 일했다. 베트남군
의 구정 대공세와 지뢰 공격을 겪었으나 간신히 살아남았
다. 그는 동료들과 사이공 맥주 한 병 마시지 않고 악착같
이 돈을 모았다. 그는 베트남에서 모은 돈으로 보광동으
로 돌아와서 버스 회사에 투자했고, 마침 경기가 좋아져
돈은 눈덩이처럼 불어났다. 그렇게 그는 보광동에서 결혼
을 하고 정착했다.

아이가 생기고 경제적으로 안정되자 보광동에 집도 샀
다. 보광동 버스회사 이사라는 명함도 생겼다. 남부럽지
않는 생활을 누리게 되었지만 알 수 없는 불안과 초조함
이 밀려왔다. 오로지 먹고살기 위해 살아오면서 잊고 있었
던 옛날의 기억들이 새록새록 되살아났다. 이웃 형들이 눈
이 벌게져서 대나무 죽창을 들고 작은형을 끌고 가던 장면
이 수시로 꿈에 나타났다. 잠에서 깨면 아현국민학교 담벼
락을 붙잡고 울던 어머니의 모습이, 형체를 알아볼 수 없는

큰형의 참혹한 시신이 떠올랐다. 악몽 같은 그해 여름의 기억이 귀신처럼 몸에 붙어 떼어지지 않았다.

언젠가부터 길을 걷다가도 누군가 그를 잡으러 올 것 같은 불안에 휩싸이곤 했다. 악몽을 꿀까 무서워 편히 잠을 잘 수도 없었다. 살이 빠지고 시름시름 앓았다. 유명한 병원을 다녀도 소용없었다. 누군가 원혼들에게 시달리고 있다고 말해 보광동에서 용하다는 무당을 불러서 굿을 해봐도 마찬가지였다. 한동안은 매일 새벽 교회에 나가 미군들에게 배웠던 주기도문을 외우며 간절하게 기도를 올려보기도 했다. 그가 떠나지 않는 악몽과 환각에 아무것도 없는 곳을 향해 화를 내며 고래고래 소리를 질러댈 때마다 아내는 아이들을 끌어안고 두려워하며 울었다.

결국 그는 보광동을 떠나기로 결심했다. 버스 회사 지분을 모두 팔고 주변 사람들에게 작별인사도 하지 않은 채 도망치듯 미국으로 떠났다. 뉴욕행 비행기 안에서 아내와 아이들 손을 꼭 잡으며 괜찮을 거라고 위로했다. 지긋지긋한 보광동을 모두 잊고 뉴욕에서 새롭게 살아가자고 다짐했다. 영어를 할 줄 모르는 아내와 아이들은 불안해했지만 그는 오히려 익숙한 느낌을 받았다. 어릴 때부터 미군 기지에서 하우스보이로 생활하고 이후로도 군무원으로 일하며 보낸 세월이 길었기에, 몇 년을 고생했지만 운 좋게도 군과 연관된 기업에서 사무직으로 일할 기회를 얻을 수 있었다. 아내와 아이들도 차차 영어를 배우고 미국 생활에 적응해갔다. 모아둔 돈도 많아 넉넉하게 지낼 수 있었다. 뉴욕 교외에 살면서 주말이면 가족끼리 낚시를 하러 가거나 종종 해외 여행도 다녔다. 풍요롭고 평화로운 미국에서의 삶은 한동안 보광동의 악몽을 잊게 해줬다.

그러던 어느 날, 텔레비전에서 안데스에 사는 원주민들의 장례 모습을 봤다. 그들은 설산이 내려다보이는 산등성이에서 드럼통에 시신을 넣고 휘발유를 부어서 화장을 했다. 그가 폭격으로 산화한 형의 시신을 화장했던 바로 그 모습이었다. 눈물이 흘렀다. 그가 그토록 잊고 싶었던 그해 여름의 기억이 스멀스멀 다시 올라왔다. 잠을 이룰 수도 없었고 일에 집중할 수도 없었다. 여유롭게 공원을 산책하고 있을 때도 누군가 그를 감시하고 있다는 생각이 들었다. 혼잡한 뉴욕 지하철에서 동양인 얼굴만 봐도 그를 잡으러 온 사람이라는 생각에 사로잡혀 도망간 적도 있었다. 집에 혼자 머물 때도 언제나 창문 커튼을 내렸다. 모든 게 자신의 망상이라고 아무리 되뇌어도 나아지지 않았다.

그날의 악몽에서 벗어나기 위해 도망치듯이 뉴욕까지 왔지만 소용이 없었다. 이제는 도망칠 곳도 없었고, 차라리 고향으로 돌아가 고통스러운 기억과 대면해보고 싶었다. 미국에서 자란 것이나 다름없는 두 자식과 고향으로 돌아오길 꺼려하는 아내를 두고, 홀로 한국행 비행기에 몸을 실었다. 장장 30여 년만의 귀향이었다.

보광동은 많이 변했지만 일제강점기 시절 유치원을 함께 다녔던 투덜이 스머프와 친구들이 그를 따뜻하게 맞아주었다. 그의 고향집은 오랫동안 돌보지 않아 망가져 있었다. 그는 집을 허물고 남은 생을 살아갈 집을 다시 짓기로 했다. 집을 정리하다가 통일부에서 발송된 10여 년 전 우편물을 발견했다. 통일부 마크가 찍힌 봉투는 이산가족 상봉 안내문이었다. 한국전쟁 때 북으로 올라간 작은형이 가족을 찾고 있다는 내용이었다. 수십 년 동안 죽은 줄 알았던 작은형이 살아 있었다는 소식에 그의 얼굴에서 눈물이 뚝뚝 흘러내렸다. 안내문에는 작은형은 무사히 평양에 정착했으며, 북에서 헌신적으로 노력하여 노력영웅 훈장까지 받았다고 적혀 있었다.

작은형을 만날 마지막 기회를 놓쳤다는 생각에 서러움이 북받쳤다. 그토록 작은형을 그리워하던 어머니의 모습이 아른거려 죄송스럽기까지 했다. 하지만 형이 죽지 않고 살아남아 평양에 있다는 사실이, 훈장까지 받으며 당당하게 살아가고 있다는 사실이 그의 마음에 맺힌 응어리를 녹여주었다.

그는 유년 시절의 친구들과 다시 만나 새로운 삶을 꾸려나갔다. 오히려 그날의 악몽을 정면으로 마주하고 친구들과 솔직하게 이야기하자 마음은 점차 안정되었고, 문화센터와 복지관을 다니며 새로운 친구도 사귀었다. 불안이 잦아들자 혼자 훌쩍 여행을 떠났다가 돌아오기도 했다. 이제는 친구들과 전쟁 이야기를 나누어도 괜찮아질 정도가 되었다. 전쟁을 함께 겪은 친구들이 가장 편안했다.

"왜 사이좋게 지내던 이웃사촌끼리 이념이 다르다고 서로 죽이려 했는지…… 아무리 생각해도 이해할 수 없어."

그는 이야기를 맺으며 한숨을 길게 내쉬었다. 그의 목소리에는 이제 두려움이 아닌 안타까움이 가득했다. 어린 시절부터 마을에서 함께 뛰놀던 친구들은 이념이 다르다는 이유만으로 서로를 증오했다. 큰형이 빨갱이라고 잡아가려던, 끝끝내 작은형을 끌고 간 사람들도 함께 한강에서 수영하고 밥을 먹던 이웃집 형들이었다.

투덜이 스머프가 카페 벽에 머리를 툭 기대었다. 두통이 심한지 인상을 찡그렸다. 그러고는 누구에게랄 것도 없이 말했다.

"기억나? 우리 우사단 언덕에 올라가서 유엔군 전차가 물에 둥둥 떠서 건너오는 모습을 봤잖아."

인천상륙작전 이후, 유엔군은 강남에 수륙양용전차를 세워놓고 남산을 향해서 며칠 동안 포격을 해댔다. 수차례 포격을 한 뒤 한강 이북을 점령하기 위해 전차를 끌고 강을 건넜다. 투덜이 스머프와 양키스는 우사단 언덕에서 유엔군 전차가 물에 떠서 한강을 건너오는 모습을 보고 놀라서 집으로 뛰어갔다.

그때 인민군은 양진고개에 자리를 잡고 도강하는 유엔군 전차를 막기 위해 포를 쏴댔다. 그러나 인민군 전력이 한참 밀렸는지, 금세 유엔군 전차는 한강을 건너 보광동에 도착했다. 마을에 도착한 유엔군은 집집마다 수색을 시작했다.

　"우리 집에도 유엔군 전차가 왔었어. 국군 병사가 내려 총구를 들이밀며 손을 들라 했고 대문 앞에 선 우리는 잔뜩 겁에 질려서 손을 번쩍 들고 오들오들 떨었어. 병사들이 집 수색을 마친 후에야 '손 내리세요'라고 하며 다른 집으로 향했지. 그들은 과수원 하던 윗집으로 갔어. 그 집에 홀로 있던 누나는 군인들을 보고는 겁에 질려 도망가다가 총에 맞고 죽었어. 너무 무서워서 군인들이 무슨 말을 하는지 듣지도 못한 거지. 겨우 열일곱 살이었는데. 총소리가 나서 가보니 이미 누나는 죽어 있었어. 내가 정말 좋아하던 마음씨 좋은 누나였는데……."

　투덜이 스머프는 총성에 놀라 윗집을 살피다 총탄을 맞고 쓰러진 과수원 누나의 모습을 발견하고는 그 자리에 주저앉아 버렸다. 그는 여전히 길에서 볼이 복숭아빛으로 물든 소녀를 보면 과수원집 누나가 생각난다고 했다. 방긋방긋 웃던 누나의 얼굴과 피흘리며 쓰러진 뒷모습이.

유엔군은 그대로 마을 수색을 마친 후, 서울시청을 수복하기 위해 전차를 끌고 남산을 넘어갔다. 서울 수복 이후 보광동 아이들이 인민군 참호에 가보니 어린 군인들이 이미 썩은 시체가 되어 있었다. 마을 사람들은 썩은 냄새가 진동하는 인민군 시신을 모아서 한강에 버렸다. 시신을 물에 휩쓸려서 한강 하구로 떠내려갔고, 한동안 강가에서 시체 썩은 내가 올라왔다.

서울시청에 태극기가 걸리고 유엔군과 국군은 인민군의 뒤를 쫓아서 북으로 향했다. 어른들은 이제 유엔군이 공산당을 죄다 몰아낼 것이라고 호언장담들을 했다. 그래서 마을에 국군이 들어온 후에는 우익청년단장이 목에 힘을 주고 빨갱이를 소탕한다며 마을을 휘젓고 다녔고, 어른들도 열렬한 성원을 보냈다. 인민군 밑에서 완장을 찼던 좌익청년단의 지도부는 모두 인민군을 따라 북으로 올라갔으나, 이에 소극적이든 적극적이든 동조한 사람들은 올라가지 못하고 머뭇대며 남아 있었다. 우익청년단장은 그들을 마을 광장으로 끌어냈다.

"사람이 그렇게 잔인할 수가 없었어. 못이 박힌 몽둥이로 그 사람들을 패서 죽였어. 그것도 의기양양한 표정으로 말이야. 동물도 그렇게 죽이지 못할 거야. 그 끔찍한 광경을 주도하던 우익청년단장 이름이 아직도 생각나."

보광동 언니가 떨리는 목소리로 우익청년단장의 이름을 반복해서 말하며 욕지거리를 내뱉었다. 어떤 욕을 해도 분이 풀리지 않는 듯했다. 언니는 마을 광장에서 들리던 비명소리에 놀라서 밖으로 나갔다. 마을 광장에는 피가 낭자하고 시신들이 뿔뿔이 흩어져 있었다. 우익청년단원들의 몽둥이질을 피해 달아나려던 마을 사람들의 처절한 모습이 머릿속에 그대로 남아 있었다.

소리를 듣고 달려 나온 다른 마을 사람들은 잔인한 광경에 놀라서 고개를 들지 못했다. 전쟁 전까지만 해도 사이좋게 지내던 이웃사촌들이었다. 잔인한 학살을 정의로운 '빨갱이 처단'이라고 당당하게 말하던 우익청년단장은 마을의 유력자가 되었다. 언니는 마을 광장이 있던 보광동 버스종점을 지날 때면 종종 피비린내를 느낀다고 했다.

그러나 유엔군의 우세는 오래가지 못했다. 중국이 한국전쟁에 본격적으로 개입하면서 전황이 달라진 것이다.

"그해 겨울은 지독하게 추웠어. 군대에 줄이 있는 사람들은 미리 유엔군이 전선에서 밀린다는 정보를 듣고 12월 초순부터 한둘씩 피난길에 나섰어. 12월 24일이 되자 서울 시민에게 피난 명령이 내려왔어. 마을 사람들은 고무신을 짚으로 동여매고 아이들을 데리고 얼어붙은 강을 건넜어."

유난히 추웠던 그해 겨울에는 한강이 꽁꽁 얼었고 80만 명이 넘는 서울 시민이 한강을 건너 남쪽으로 피난을 떠났다. 나룻배를 띄워 얼음을 깨면서 천천히 나아가야 했다.

"마을 사람들은 피난 가지 않으면 폭격 맞아서 죽는다고 했어. 우리 집은 아버지가 없고 여자들만 있어서 피난 가기가 어려웠어. 어머니는 죽어도 그냥 집에서 죽자고 했지. 마을은 텅 비고 버려진 개들이 어슬렁거렸어. 중공군이 서울을 점령하자 시내에는 온통 홍색 깃발이 나부꼈어. 누비옷을 입은 중공군들이 남산에서 내려왔지. 그들은 맨발로 운동화를 눌러 신고 옷도 진흙투성이였어. 중공군이 행군하면서 밭에서 날호박을 따서 먹는 모습이 떠올라. 꼭 참외를 먹듯 날호박을 깨물어 먹었어. 총이 없는 중공군도 많았고 솥단지를 등에 메고 다녔어."

보광동 언니 집에도 중공군이 찾아와서 보리쌀을 털어 갔다. 중공군은 값나가는 물건이나 식량이나 쇠붙이는 모조리 빼앗아갔다. 마을 어르신이 '중공군 새끼들은 먹을 것도 안 갖고 전쟁 나왔나' 하고 혀를 찰 정도였다.

보광동 언니가 막걸리 병을 들어 기포가 빠지도록 병뚜껑을 숟가락으로 톡톡 쳤다. 주저 없이 병뚜껑을 비틀어 연 그녀는 술잔에 막걸리를 콸콸 부었다.

"추운 겨울날, 빨래하러 한강에 나갔는데 강 이편에는 인민군과 중공군의, 강 저편에는 국군의 시체가 보였어. 아직 스물도 안 된 어린 병사들이 새우등 꼬부라진 것처럼 허리도 펴지 못한 채로 죽어서 얼어 있었어. 무섭기보다 너무, 너무 불쌍했어."*

---

*   1951년 정월, 보광동 한강가에서 유엔군과 국군에 맞서 인민군과 중공군이 치열하게 전투를 벌였다. 한강에서 얼어죽은 군인들의 시체는 아무도 치우지 못했고 한강 얼음이 녹으면서 서해로 흘러갔다.

얼굴에 수염도 나지 않았던 어린 병사들의 모습을 떠올리는 듯 언니의 눈동자가 잠시 초점을 잃었다. 그들은 한 손에 총을 꼭 쥔 채 죽어 있었다고 한다. 서로 적으로 만나 죽고 죽였지만 그들도 평범한 사람이었고 누군가의 자식이었을 것이다. 봄이 되어 얼음이 녹자 한강의 얼음에 들러붙어 썩어가던 시신들은 한강 하류로 떠내려갔다.

보광동 언니는 정월이 되면 1·4 후퇴 때 죽은 이들을 떠올리며 나물과 막걸리를 준비해서 한강으로 나갔다. 한강변에는 고층건물이 들어서고 조명이 화려하게 빛나고 있었지만 언니는 여전히 새우등처럼 꼬부라져서 얼어 있던 병사들 모습을 잊지 못했다. 그 불쌍한 영혼들을 생각하며 죽은 이들을 위로하듯 한강물에 술을 뿌리며 혼자만의 제사를 올렸다.

누가 기억해주겠어

투덜이 스머프는 대통령만 믿고 피난길에 나서지 않았다가 폭격기가 보광동을 불바다로 만드는 것을 봤다. 폭탄이 터지는 소리와 비명소리가 보광동을 가득 채웠다. 양키스는 이념이 다르다는 이유만으로 이웃사촌끼리 서로를 죽이는 것을 목격하고 수십 년 동안 악몽과 우울증에 시달렸다. 그 모든 고통을 각자가 오롯이 감내해야 했고, 결국 깊은 트라우마로 남았다.

"나는 슈샤인shoeshine 보이였어. 전쟁이 끝나기도 전에 구두통을 매고 미군을 찾아다녔어. '헬로 슈샤인, 원 달러' 하면서."

용산에 쏟아진 폭격으로 그가 살던 집과 과수원은 모두 불타버렸다. 그는 조용하고 유약한 성격이었지만 어린 나이에 먹고살기 위해 미군 군사고문단이 머무는 을지로호텔 주변을 떠돌면서 구두를 닦았다. 군화에 파리가 미끄러질 정도로 반짝반짝하게 광을 내었다. 매일 구두를 닦아 번 돈으로 쌀을 사서 집으로 돌아왔다. 엄마는 말없이 쌀 봉지를 받아들고 안타까운 표정으로 자식을 바라봤다.

　전쟁이 끝난 뒤에도 그는 중학교에 갈 형편이 아니었다. 그런데 미군들을 상대로 구두를 닦다 보니 어느새 영어가 유창해졌고, 양키스와 함께 용산 미군 기지에 하우스보이로 취직하게 되었다. 군부대 안에서 군인들 심부름을 하고 구두를 닦고 청소를 했다. 그는 병사들이 귀국하면서 버린 책을 읽으며 영어를 공부했다. 열여덟 살에 용산 미군 기지를 떠나서 충무로 인쇄소에 취직했고, 하우스보이 시절에 배운 영어로 영문 인쇄물을 전문적으로 취급하는 인쇄기술자로 평생을 살았다.

　투덜이 스머프는 젊어서는 먹고살기 바빠 참혹했던 그해 여름을 생각할 여유조차 없었다. 그러나 우연히 비행기 소리가 들리면 온몸에 식은땀이 나고 두려움이 엄습해 숨쉬기도 어려웠다. 고된 노동에 지쳐 잠들면 폭격에 집이 불타고 시체와 피가 낭자한 거리가 꿈으로 나타나기도 했다. 사소한 일에도 쉽게 화가 났고 주변 사람들에게 폭력을 휘두르기도 했다. 늘 가슴 한구석이 답답하고 우울했다.

입에 풀칠하기도 어려운 시절에는 트라우마가 병인지도 몰랐다. 나이가 들어서는 고통스러운 기억에서 벗어나려고 다단계 의료 기업에 속아서 황당한 의료 기기를 비싼 가격에 사들이거나 사이비 종교 모임에 나가 거액을 헌금하기도 했다. 기억과 몸에 새겨진 트라우마에서 벗어나기 위해 몸서리치게 노력했으나 소용없었다. 술로 마음을 달래는 것도 잠시, 술이 깨면 고통은 다시 시작되었다. 자식들에게 고통스러웠던 기억을 이야기해봐도 고릿적 이야기를 또 한다며 타박만 당했다. 자신을 이해해주지 않는 자식들이 야속했고, 결국 술에 빠져 지내는 날만 늘어갔다. 경로당에도 잘 나가지 않게 되었고, 그렇게 참혹했던 과거가 그를 고립시켰다.

"우리가 죽으면 모든 것이 잊힐 거야. 누가 이 마을에서 폭격 맞아 죽고 굶어 죽은 아이들을 기억해주겠어. 그 이야길 새삼 하니까 더 우울해지네. 막걸리는 됐고 아이스 워터 좀 가져와 봐."

투덜이 스머프가 짜증 섞인 목소리로 테이블을 쳤다. 나는 급히 컵에 얼음을 넣고 소다에 레몬과 바질을 담았다. 시원한 여름용 카페 음료였다. 카페 스피커에서 빌리 할리데이의 '글루미 선데이'가 흘러나왔다. 그는 음료를 마시다가 홀로 깊은 생각에 빠지다가 눈을 감았다. 한적한 카페도 침묵에 잠겼다.

죽은 이들을 위로하듯이 빌리 할리데이의 애달픈 목소리가 카페를 맴돌고 있었다. 그들은 미동도 없이 의자에 앉아 있었다. 그날의 트라우마가 다시 재생되고 있는 듯했다. 나는 방해되지 않도록 슬그머니 자리에서 일어나서 카페 부엌으로 몸을 감췄다. 투덜이 스머프는 의자에 반쯤 기댄 자세로 앉아 있었다.

"안 되겠어. 여기 더 있으면 눈물이 날 것 같아."

투덜이 스머프의 목소리는 애처롭게 들렸다. 자리에서

일어난 그는 잠시 비틀거렸다. 양키스가 그를 부축했지만 그는 뿌리치고 카페를 떠났다.

보광동 토박이 노인들은 전쟁의 트라우마로 매년 10월 한강불꽃축제가 열리면 보광동을 잠시 떠났다. 폭죽 소리는 보광동을 향해 죽음의 신처럼 다가오던 B29 폭격기의 악몽을 떠오르게 했다. 쾅쾅거리는 굉음들 사이로 건물이 무너지고 사람의 몸뚱아리가 산산조각 나는 그날의 참상을 떠오르게 했다. 그 비슷한 소리만 들어도 그들의 몸에는 식은땀이 흐르고 심장은 쿵쾅거렸다.

보광동 언니가 마지막 막걸리 잔을 비우고 비틀거리며 일어섰다. 양키스가 이만 가보겠다며 훌쩍 떠나버린 후였다. 나는 그녀를 부축해서 배웅하기 위해 따라나섰다.

그녀는 달팽이 걸음처럼 느릿느릿하게 우사단 언덕을 오르면서 골목길에 늘어선 집들의 역사와 살았던 사람들에 대해 이야기해줬다. 술에 취한 목소리에는 다정함과 슬픔이 배어 있었다. 보광동 경로당 자리는 일제강점기 때부터 노인들이 모여서 놀았던 마을 사랑방이었고 골목길 가운데 동그란 공터는 마을 우물 터였다. 언니가 하루

에도 몇 번이나 물지게를 지고 물을 길어 올린, 호된 시집
살이의 기억이 남아 있는 곳이었다.

우리는 막다른 골목 끝에 자리한 낡은 주택에 도착했
다. 점집임을 알려주는 붉고 하얀 깃발을 세운 그 집은 그
녀가 시댁 어르신을 평생 모시고 살아온 친정집이었다.
친정집은 원래 일제강점기 시절 용산 일본군사령부에 소
속된 일본군 장교의 마굿간이었다. 일본군 장교는 백마를
타고 매일같이 한강을 따라 사령부로 출근했다. 해방이
되자 아버지는 일본군 마굿간을 불하받아서 집을 짓고 마
당에 감나무를 심었다. 언니는 대문 앞에 서서 어둠 속에
잠긴 골목길을 돌아보면서 한숨을 내쉬었다. 가슴이 답답
한지 손바닥으로 가슴을 탁탁 쳤다.

"마음이 아파. 왜 아픈지는 몰라. 절에 가도 교회에 가도
의료 기기 홍보장에 가도 마음이 아파. 평생 마음이 답답
해. 어떻게라도 이야기하며 풀고 싶은데, 누가 잡초 같은
우리 이야기를 들어주겠어."

언니는 비틀거리며 블랙홀처럼 어두운 집 안으로 사라
졌다. 나는 발길이 떨어지지 않아 집으로 들어서는 언니

의 뒷모습을 바라보았다. 창문에 불이 들어오고 텔레비전
이 켜졌다. 드라마 속 배우의 날카로운 목소리와 울음소
리가 어두운 골목길에 퍼졌다. 생생하게 떠올라버린 지난
상처를 잊고 잠들기 위해 텔레비전을 켠 것은 아닐까 미
안한 마음이 들었다.

왕이 기우제를 올렸다는 우사단 언덕에서 어둠에 잠긴
보광동 마을을 바라보았다. 한강변 고층아파트에서 내뿜
는 불빛으로 한강 물이 반짝였다. 그 빛 아래 수천, 수만
명의 사람이 죽어나갔던 시간이 묻힌 듯했다. 우리 조상
들은 죽은 사람이 한이 맺히면 가뭄이 들고 한을 풀어주
면 하늘이 비를 내린다고 믿었다. 그래서 기우제를 올리
기 전에 궁녀들을 속가로 돌려보내 시집을 보내주고 억울
한 죄인들을 석방했다. 그러나 그해 여름의 한은 누구도
풀어줄 수 없었고, 그들을 위로하는 비도 내리지 않았다.

깊은 밤, 쉽게 잠이 들지 않았다. 언니와 투덜이 스머프
와 양키스의 이야기가 내내 머릿속에 맴돌았다. 이제라도
그들의 어깨를 짓누르고 있는 고통스런 짐 보따리를 같이
나누어 들고 싶었다. 어서 아침이 오기를 기다렸다. 내일

도 누군가는 카페 문을 열고 들어와 커피를 마시며 그해
여름이 남긴 상처를 들려줄지도 모른다. 그 상처는 60여
년 동안 어르신들의 마음을 여전히 옥죄고 있었다. 가슴
속에 옹이로 박여 내내 가슴을 답답하게 했고, 얼음송곳
처럼 가슴을 찌르고 있었다.

영원히 돌아오지 못하고

어느 해보다 심한 미세먼지가 하늘을 가리고 있었다. 초여름의 상긋한 햇살도 미세먼지 때문에 사라졌다. 습기가 겹친 무더위로 한증막 같은 날이 이어졌다. 습한 날씨는 사람의 몸과 마음까지도 지치게 만들었다.

불쾌한 날씨에도 중요한 일이 있어 새벽같이 자전거를 끌고 나왔다. 그나마 자전거를 타고 달리는 동안에는 바람이 습한 무더위를 잠시 잊게 해주었다. 한강이 내다보이는 대로변을 빠르게 달렸다. 도로를 따라 고층건물이 일렬로 늘어서 있었다. 참혹했던 용산 폭격의 흔적은 눈을 씻고 찾아봐도 보이지 않았다.

당시 한강 다리를 폭파해버리고 부산으로 피난 간 이승만 대통령은 목사들을 불러서 비가 내리지 않도록 기도했다. 매일매일 폭격기가 날 수 있기를 바라면서. 그의 바람처럼 그해 여름에는 비가 거의 내리지 않았고, 그가 원하던 대로 전투기는 하루도 빠짐없이 출격해 서울을 폭격했다. 국군이 서울을 수복한 후에 이승만 대통령은 자신의 간절한 기도 덕분에 장마철에도 비가 내리지 않았다고 자랑했다. 무차별 폭격으로 죽어간 수많은 사람에 대해서는 일언반구도 하지 않았다.

한강로 고층건물 사이로 햇살이 스며들었다. 도로는 열기로 후끈하게 달아오르기 시작했다. 삼각지를 지나다가 이면 도로에 자전거를 세웠다. 물통을 꺼내 시원한 물을 입안에 흘려 넣고 나서야 겨우 시야가 넓어졌다. 남산타워 아래로 미군 기지의 야트막한 붉은 지붕과 한강로 고층 건물이 어우러져 있었다.

본래 용산 미군 기지 자리에는 둔지미 마을이 있었다. 그런데 1908년 일제가 일본군사령부를 건설하겠다며 마을 땅을 빼앗고 주민들을 내쫓으려 했다. 둔지미 마을 사람들은 격렬하게 항의했으나 일제의 탄압을 이겨내기에는 역부족이었고, 일제는 그들을 지금의 용산가족공원 자리로 이주시켜버렸다. 일제의 만행은 여기서 끝나지 않았다. 1916년 용산가족공원 일대에 신설 사단을 주둔하겠다며 둔지미 마을 사람들을 지금의 보광동 일대로 다시 이주시킨 것이다. 두 번의 강제 이주를 겪으면서 '둔지미 마을'이라는 이름은 토지 대장에서 유실되고 말았다.

양키스의 할아버지는 둔지미 마을 출신이었다고 한다. 할아버지는 대대손손 살아온 마을에 일본군 사령부가 들어온다는 청천벽력 같은 소식을 듣고 당장 관아에 항의하였으나 묵살당했다. 마을 사람들과 다시 가서 통사정을 해보았으나 소용없었다. 결국 할아버지는 두 번의 이주를 거쳐 보광동에 자리를 잡았다. 그렇게 한옥을 두 번이나 이전하는 과정에서 서까래가 짧은 이상한 집이 되었다.

"나 어릴 때는 서까래에 맞춰 키가 큰다는 말이 있었어. 보광동으로 온 둔지미 아이들은 일대에서 키가 가장 작았대. 두 번이나 서까래를 잘라 서까래가 짧아졌으니까."

둔지미 마을 사람들은 고향 땅을 빼앗기고 먹고살 방

도가 없어 자신들의 땅을 빼앗은 일본군 사령부에서 노무자로 일하며 언젠가 마을로 돌아갈 수 있기를 꿈꿨다. 그러나 그들은 끝내 고향으로 돌아가지 못하고 세상을 떠났고, 이제는 '둔지미 마을'이라는 이름마저 역사 속에서 사라지고 있다.

제2차 세계대전에서 일본이 패배하고 우리나라가 해방된 후, 미군은 일본군 사령부를 인수해 그곳에 자신들의 기지를 지었다. 그때 둔지미 마을 사람들은 마을로 돌아갈 수 있을 거라는 마지막 희망까지 빼앗긴 기분이었을 것이다. 2029년이 되면 용산 미군 기지는 다시 우리의 품으로 돌아오게 되지만, 그곳은 둔지미 마을이 아닌 용산민족공원이라는 녹지 공간이 조성될 예정이다. 백여 년만에 높은 철조망을 걷고 군사 시설을 철거한 자리에는 아름드리나무에 심어지고 새들이 지저귀는, 평화를 상징하는 아름다운 공원이 들어설 것이다. 그러나 둔지미 마을 사람들은 영원히 고향으로 돌아가지 못할 것이다.

삼각지도 보광동처럼 재개발을 앞두고 있었다. 그곳에

는 일제강점기부터 만들어져 유곽으로 조성된 적산가옥이 남아 있다. 이제는 그 흔적들은 서서히 지워지고 새로운 문화 공간으로 변화하고 있었다.

남대문 시장으로 향하는 골목길로 들어서서 단정한 글씨로 '명패'라는 나무간판만 붙은 오래된 가게 앞에 멈춰 섰다. 안에는 60~70년대의 다양한 명패들이 전시되어 있었다. 자개로 학 문양을 새긴 명패, 플라스틱 명패, 스테인리스 명패 등이 세월의 흐름에 맞춰 전시되었다. 장군, 대령, 중령 등 군인들의 명패도 가지런하게 놓여 있었다.

나는 명패 가게 사장에게 카페 명패를 부탁했었다. 그는 단정하고 수려한 글씨로 자작나무에 글을 써서 작은 간판을 만들어주었다. 뿌리 깊은 나무처럼 보광동에 뿌리내리고 살라는 덕담도 덧붙였다.

마침 유리창을 닦던 사장님이 반갑게 인사를 건네며 걱정스러운 듯 물었다.

"보광동 커피는 잘 돼요?"

"그럭저럭 월세 낼 만은 해요."

나는 살짝 웃으며 사장님은 어떠냐고 물어보았다. 항상

똑같지뭐, 하고 웃으시는 사장님에게 배낭에서 더치커피가 담긴 유리병을 꺼냈다. 사장님과 가게 앞에 놓인 벤치에 앉아서 잠시 커피를 나누며 이야기를 나눴다. 용산 부근에서 평생을 살아온 그 역시 부모가 폭격을 경험한 세대였다. 쑥대밭이 된 마을에서 태어난 그는 4남매의 첫째로, 초등학교를 채 마치지 못하고 어린 나이부터 부모를 도와 생계를 책임져야 했다. 글씨를 유난히 유려하게 써서 칭찬을 받았던 그는 간판장이라는 직업을 알게 된 날 자신의 천직이라고 생각했다. 용산 간판장이 밑에 심부름꾼으로 들어가 간판 일을 배웠고, 자신의 스무 살 무렵부터 간판 가게를 열어 서울 곳곳에 글씨를 새겨왔다. 수십 년 동안 써내려간 정성 어린 간판들은 그의 삶처럼 올곧고 굳건했다. 잿더미에서 단단하게 자라난 그의 가게를 볼 때면 내 마음도 단단해지는 기분이 들었다. 함께 도란도란 세상 이야길 하며 커피를 나눠 마신 뒤, 나는 다시 남대문 시장으로 향했다.

그해 여름 기억 박물관

남대문 시장 대도상가의 낡은 유리문이 삐걱거렸다. 양동이에 담긴 싱그러운 꽃들은 저마다 향기를 내뿜고 있었다. 지금은 화사한 꽃시장이지만 그해 여름에는 남대문도 폭격으로 불타버렸다. 폭격으로 잿더미가 된 그때의 남대문 사진을 보면 지금의 화려함과 북적임이 믿기지 않는다.

시장 출입구에 있는 꽃가게에서 주문해둔 분홍 미니 장미 여든여덟 송이를 찾았다. 카페에 손님이 많지 않아 꽃을 살 여유가 많지는 않았지만, 봄이면 노란 프리지아나 알록달록한 튤립을, 여름이면 수국 한 다발을 사서 카페에 장식해두곤 했다.

아직 장미꽃을 다듬고 계신 아주머니를 보며, 오래전 네팔 산골 마을에서 보았던 비닐봉지 화분이 생각났다. 가난한 산골 아주머니들은 화분을 살 만한 여유가 없어 비닐봉지에 꽃을 심었다. 마을에서는 검정색 비닐봉지 화분에서 활짝 피어난 메밀꽃과 유채꽃을 쉽게 볼 수 있었다. 집집마다 늘어선 비닐봉지 화분의 꽃들은 바람에 흔들리면서 마을을 아름답게 장식했다.

생각에 빠져 있는 사이에 아주머니가 어느새 장미꽃다발을 완성해 두 손으로 건넸다. 제법 묵직한 꽃다발에서는 향긋한 꽃내음이 물씬 쏟아져왔다.

오늘은 예천 큰 꽃언니의 생일이다. 그해 여름 스물두 살이었던 언니는 여든여덟이 되었다. 카페에서 마을 사람들과 함께 그녀의 생일잔치를 열기로 했다. 수입과자 가게에 들러 초콜릿을 사고 문구 상가에서 파티 용품을 바리바리 챙겼다. 자전거 앞 바구니에 장미꽃다발을 싣고 남대문을 벗어났다. 자전거로 가파른 남산 고갯길을 힘겹게 넘어서 해방촌 언덕에 다다랐다. 바구니에 실린 장미 꽃다발이 햇빛을 받아 싱그럽게 흔들리며 꽃향기를 은은하게 전해왔다.

남산 아랫마을인 해방촌에 모여 살았던 이북 피난민들은 손수 한 벌 한 벌 니트를 만들어 팔면서 생계를 이어갔다. 이들이 만든 니트 제품은 남대문 시장을 통해 유명해지더니 급기야 한국 니트 생산을 이끌었다. 한때는 골목길마다 실 짜는 소리와 재봉틀 돌아가는 소리가 끊이질 않았지만 이제는 중국과 동남아 공장에 밀려나 니트를 짜던 사람들도 마을을 떠났다. 마을에 남은 노인들은 서울 전경이 내려다보이는 해방촌 언덕에 앉아 그 시절을 그리워하곤 했다.

SNS 맛집이 늘어선 경리단길을 지나 용산구청까지 자전거는 막힘없이 달렸다. 유엔군사령부를 지나서 동빙고 옆 가파른 언덕길에 접어 들면서 힘겹게 페달을 밟아야 했다. 강렬한 여름 햇살에 땀이 송골송골 맺혔지만 마음속은 짜증은커녕 설렘과 기대로 가득했다.

강한 햇살을 피할 나무 그늘이 부족했던 보광동은 새벽

에 시장을 다녀온 사이 벌써 양은냄비처럼 부글부글 끓어올라 있었다. 가게 안쪽에 장미꽃다발을 준비해둔 커다란 꽃병에 예쁘게 꽂아두고 가게 오픈 준비를 시작했다. 커피 기계가 예열될 즈음 밤새 유흥업소에서 일하는 아가씨들이 피곤한 모습으로 나타나 말없이 카페 테라스에 앉았다. 그녀들은 내가 준비를 마치길 기다려 쉰 목소리로 카페인 함량이 적은 더치커피를 주문했다. 눈가에는 반쯤 떨어진 속눈썹이 간신히 매달려 있었고, 립스틱이 지워진 입술은 생기 없어 보였다. 고단한 밤을 보냈던 새하얀 얼굴. 그녀들은 대개 낮에 햇볕을 쬐지 못하고 밤에 일해서 얼굴이 종이인형처럼 창백했다. 카페 의자에 늘어진 상태로 앉은 그녀들은 아이스 더치커피로 밤새 마셨던 독한 술을 해장했다. 더러는 출근 전 미용실에서 공들여 만든 머리를 풀어헤치고 의자에서 꾸벅꾸벅 졸기도 했다. 바로 집에 돌아갈 기운조차 남아 있지 않은 듯했다. 햇살이 따가워질 즈음에서야 부스스 일어나 우사단 언덕길을 힘없이 올랐다. 해 질 무렵이면 그들은 미용실에 가는 길에 다시 카페를 찾아왔다.

예천 큰 꽃언니의 여든여덟 번째 생일 잔치에는 경로당 회원 전원이 모이기로 했다. 언니가 좋아하는 푸른빛과 은빛 풍선으로 카페를 장식하고 경로당 단체 사진을 걸었다. 단체 사진을 찍던 날 꽃언니들은 졸업 사진을 찍는 학창시절 소녀마냥 들떠 있었다. 며칠 전부터 네일 샵에서 반짝이는 인조 손톱을 붙이고 파마를 하고 새 옷을 입고는 카메라 앞에 섰다. 낡은 경로당 문 앞에 해바라기 꽃처럼 활짝 웃는 언니들이 서 있었다. 나도 언니들을 향해 활짝 웃으며 카메라 셔터를 눌렀다. 하지만 다음 순간, 어쩌면 언니들의 마지막 사진이 될 지도 모른다는 예감에 가슴이 아려왔다. 기쁜 날 눈물을 보이고 싶지는 않아 커다란 카메라에 얼굴을 숨기고 계속해서 사진을 찍었다.

큰 꽃언니는 생일잔치를 며칠 앞두고 목욕탕에서 넘어지는 사고를 당했다. 급히 구급차에 실려 병원으로 이송된 언니는 며칠 동안 입원해 치료를 받아야 했다. 고령의 언니들이라 하루하루가 조심스러웠다. 언니들 가운데 누가 하루만 보이지 않아도 다들 궁금해하고 불안해했다. 꽃샘추위가 지나는 동안에는 세 명의 경로당 회원이 세상을 떠났거나 요양병원으로 갔다.

그래서인지 언니들의 저녁 이별 인사는 남달라 보였다. 언니들은 저녁에 헤어질 즈음이면 어김없이 손을 붙잡고 아침 해 뜨면 다시 만나자고 했다. 다음 날 만나면 마치 이산가족이 상봉하는 것처럼 즐거워하고 반가워했다. 그녀들은 카페에 와서도 내 손을 다정하게 붙잡고 안부를 물었다. 손님이 많았는지, 밥은 먹었는지, 아픈 곳은 없는지 습관처럼 물었다. 그런 행동에 익숙지 않은 내가 닭살 돋는다고 타박하면 언니들은 '우리는 배터리가 다 돼서 오늘 갈지, 내일 갈지, 언제 저승길 갈지 몰라'라고 응수했다. 그럴 때면 코끝이 찡해졌다.

제주에서는 해녀 한 분이 세상을 떠날 때마다 바다 박물관 하나가 없어진다고 한다. 이곳 보광동에서는 어르신 한 분이, 꽃언니 한 명이 세상을 떠나면 그해 여름을 기억하는 박물관이 하나 사라지게 된다. 지금도 누구도 이어받지 못한 박물관들이 하나하나 사라지고 있다.

쌕시, 새악시

보광동 언니가 집에서 만든 떡케이크를 들고 왔다. 원주
언니는 막걸리 세 박스를 카페로 배달시켰다. 나는 구순
이 코앞인 할머니 생일잔치에 막걸리 세 박스는 과하다고
말렸지만 원주 언니는 막걸리 정도는 문제없는 나이라며
고집을 피웠다. 이제 구순이 넘은 회령 언니를 선두로 하
여 평택, 송정, 춘천, 원주, 산청, 김포, 강화, 파주, 익산, 인
천 출신의 언니들이 모였다. 경로당 남자 회원들도 생일
을 축하하기 위해 찾아왔지만 투덜이 스머프는 보이지 않
았다. 여름이 오면 투덜이 스머프는 우울증이 유달리 심
해져서 문을 잠그고 사람들과의 왕래를 끊은 채 두문불

출하는 날이 많아졌다. 투덜이 스머프에게 수차례 전화를 걸어보았지만 받지 않았다. 경로당 회원 모두 그가 걱정되었지만 도울 방법이 선뜻 떠오르지 않았다. 그가 우울증을 무사히 이겨내고 밖으로 나오거나 얼른 여름이 지나가길 간절히 바라는 수밖에 없었다.

오늘의 주인공인 예천 언니는 노방으로 만든 보라색 치마에 노랑저고리를 입고 가볍게 걸어왔다. 누가 봐도 여든여덟 살로 보이지 않는 화사한 모습이었다. 그녀는 대나무처럼 곧은 허리로 흐트러짐 없이 걸었고, 매끈한 피부가 유달리 도드라져 보였다. 말할 때마다 눈동자는 별처럼 반짝였다. 카페에 들어오는 그녀의 모습에 모두가 눈길을 모았다. 경로당 회원들은 모두가 자리에서 일어나서 큰 박수로 예천 언니를 맞았다.

"아이고 큰 누님, 어서 오셔요. 아직도 색시 같구만요."

경로당 회장 할아버지는 예천 언니를 주빈석으로 안내하면서 나름의 찬사를 보냈다.

"내가 뭔 색시야. 쭈글쭈글하고 다 늙었는데. 이제 거울도 보기 싫어."

투정하는 모습을 보인 예천 언니는 카페 벽면에 걸린 거울로 자신의 모습을 지그시 바라보았다. 그러고는 자신의 모습에 내심 만족스러운 듯 미소를 짓고는 우아하게 앉았다.

그런데 '색시'라는 말에 파주 언니는 정색하며 나무라듯 말을 뱉었다.

"형님, '색시' 그 말은 하지 마셔요. 잊어버렸어요? 미국 놈들이 마을에 와서 어눌한 발음도 '쌕시Sexy, 새악시' 했잖아요."

파주 언니가 영어 악센트가 강한 발음으로 미군들의 '쌕시, 새악시'를 흉내 냈다. 순간 둘러 모인 언니들 표정이 어색해졌다. 언니가 어릴 때 살던 파주도 전쟁으로 쑥대밭이 되었다. 파주는 쉴 새 없이 공방전이 펼쳐지는 접경지대의 주전장이었다. 인민군과 유엔군이 번갈아 마을을 빼앗고 뺏기기를 반복했다. 미군은 자기들이 파주를 점령할 때마다 집집마다 돌며 여자를 찾았다. 젊은 처녀가 없으면 아이 어머니부터 할머니까지 끌고 산으로 갔다. 언니는 군인들을 피해서 동생들을 데리고 그나마 안전하다고 생각했던 서울로 도망쳤다.

어느 날 밤 이태원 골목에서 파주 언니와 마주친 적이
있었다. 언니는 어둑한 골목길에서 마트 전단지로 얼굴을
가리고 쭈뼛쭈뼛 걷고 있었다. 어딘가 어색해 보이는 언
니의 어깨를 툭 치며 인사를 건넸다. 언니는 소스라치듯
놀라서 길에 주저앉아서 거북이 등껍질에 목을 집어넣듯
이 얼굴을 무릎에 파묻었다. 주위를 둘러보니 건장한 미
군 병사들이 군복을 입은 채 무리 지어 걷고 있었다. 미
군들이 멀어지고 나서야 언니는 놀란 가슴을 쓸어내리며
자리에서 일어났다. 괜찮냐고 걱정하는 나에게 파주 언
니는 대답을 못하고 숨을 몰아쉬었다. 60년도 넘는 긴 시
간이 흘렀지만 언니는 여전히 그때의 악몽에서 벗어나지
못하고 있었다.

갑자기 카페에 무거운 적막이 흘렀다. 말문을 닫은 남
자 회원들은 어색한 표정으로 막걸리만 연신 들이켰다.
나는 무거운 분위기를 바꾸고 싶었지만 어찌할지를 몰라
그저 언니들의 눈치만 살폈다. 누구라도 선뜻 나서서 분
위기를 바꿀 생각을 하지 못했다. 카페에는 에어컨 바람

소리만 들렸다.

예천 언니가 무겁게 입을 열었다. 언니는 징하다는 듯이 고개를 절레절레 흔들었다.

"난 아직도 그 기억이 나. 그놈들은 총 들고 '쌕시, 새악시' 하면서 여자들을 찾아다녔어. 한번은 이웃집 여자애가 빨래하러 나가다가 미군한테 잡혔어. 흰둥이들이 그 애를 야산으로 끌고 가면서 초콜릿을 집에 던져놓았지. 해 질 무렵에야 여자애가 머리를 산발하고 터벅터벅 걸어왔어. 옷고름은 풀어 헤쳐지고 넋이 나간 모습이었어. 그 이후로 정신이 이상해진 그 애는 낮이고 밤이고 텅 빈 눈을 하고 마을을 배회하다가 몇 년 뒤에 저수지에 빠져 죽었어."

예천 언니는 마을에서 벌어진 일들을 똑똑히 기억했다. 인민군이 낙동강 전선에서 퇴각하자 유엔군 사령부는 예천에 지상군을 투입하고 대규모 공중 폭격을 가했다. 유엔군은 인민군을 색출하기 위해 마을을 드나들었다. 유엔군 중 특히 미군 병사들이 어슬렁거리기 시작하면 마을 사람들은 사립과 방문을 죄다 걸어 잠갔다. 할머니들은 딸이나 손녀들에게 일부러 더러운 옷을 입히고 얼굴에 숯

검정을 발랐다. 언니는 군인을 피해서 어두운 다락에 숨어 있었다. 미군들은 나이가 많든 어리든 상관하지 않고 긴 머리에 치마를 두른 사람만 보이면 무조건 잡아갔다.

테이블에는 손 타지 않은 초콜릿이 예쁜 바구니에 그대로 담겨 있었다. 나는 초콜릿 바구니를 살짝 치웠다. 언니들이 초콜릿에 손을 안 댄 이유를 이제야 알 것 같았다. 예천 언니네 마을뿐 아니라 다른 마을에서도 미군은 마을 여자들을 잡아가고 비스킷이나 초콜릿을 던져놓았다. 그들에게 초콜릿은 달콤한 간식이 아니라 고통스러운 기억이었다.

속이 탄 듯 원주 언니가 막걸리를 병째로 마셨다. 그녀는 입에 묻은 막걸리를 냅킨으로 닦아 내면서 말했다.

"젊은 놈들이 여자 냄새만 맡아도 환장했지. 60년이 넘게 지났어도 그놈들이 털복숭이 손으로 여자들을 잡아채던 일이 안 잊어져. 우리 국군도 똑같았어. 앞장서서 여자들을 찾아내서 흰둥이에게 바쳤어. 늙은 여자, 젊은 여자 가리지 않았어."

원주 언니는 격앙되어 있었다. 그녀는 군인들이 여자들

을 끌고 가는 장면을 이야기하며 혀를 끌끌 찼다.

언니의 이야기를 들으면서 나는 적잖이 충격을 받아야 했다. 가슴 한켠이 꽉 막혀왔다. 내게 군인들은 선망의 대상이었다. 전쟁을 다룬 영화나 드라마에서는 멋진 제복을 입은 군인이 어린아이를 구하고 마을을 지키는 영웅으로 그려졌고, 나는 전우의 시체를 넘어 전진하는 군인의 모습을 동경했다.

그러나 언니들의 이야기를 들으니 그 모습은 꾸며진 영화 속 이야기일 뿐이었다. 언니들이 마주한 군인은 짐승처럼 여자만 보면 침을 흘리며 잡아가거나 여자를 바치는 악마의 모습이었다. 내가 품고 있던 환상은 와르르 무너지며 거짓이 되었고, 언니들의 이야기를 들을수록 가슴이 미어졌다.

원주 언니는 가슴에서 치미는 울화를 참을 수 없었는지 에어컨 바람을 세게 맞을 수 있는 곳으로 자리를 옮겼다.

"우리 마을 언니도 빨래하러 나갔다가 미군을 만났어. 미군들이 언니에게 총을 들이대며 모르는 영어를 씨부렁대다가 '핸즈 업!'이라고 소리쳤대. 겁먹은 언니가 유일하게 그 말을 알아듣고 재빨리 빨랫감을 바닥에 두고 손을 머리로 올리니까, 대번에 언니를 숲으로 끌고 갔어. 그런데 미군이 가고 나서 국군이 와서 그 짓을 또 했나봐. 무려 세 번이나. 언니 집에서는 그 사실을 숨기고 마을에서 멀리 떨어진 곳에 사는 남자한테 언니를 시집보냈대. 그런데 나중에 언니가 남편한테 너무 미안해서 그 사실을 말했는데, 그 얘길 들은 남편이 펑펑 울더래."

원주 언니는 마을 언니 이야기를 하면서 목이 메는지 점점 울먹이는 목소리가 되었다. 그 남편은 아내의 참담한 과거를 알고 얼마나 슬프고 화가 났을까.

"군인들이 심지어 피난민 천막까지 들이닥쳐서는 손전등으로 여자들을 찾아다녔어. 눈이 벌건 군인들은 밤마다 왔어. 나는 할머니 치마 속에 숨어서 겨우 피했지."

원주 언니는 춘천에 마련된 피난민 수용소에서 군인들을 피하기 위해서 머리를 삭발하고 남장을 했다. 언니는 한창 꾸미고 다닐 청춘 시절에 삭발한 것이 한스러워 구순을 바라보는 나이에도 정성껏 머리를 단장했다.

나는 돌멩이를 삼킨 듯 가슴이 답답해졌다. 속이 울렁

거렸고 구토가 밀려왔다. 미군과 국군의 손아귀를 피해서 급히 도망치는 언니들의 모습이 떠올랐다.

파주 언니는 언니들의 말을 들으면서 두 손으로 얼굴을 감싸고 있었다. 언니는 목에 메어서 쉽사리 말을 꺼내지 못했다.

"미군들은 껌을 씹으면서 총을 들고 우리 마을로 왔어. 인민군을 찾는다며 수색하던 집에서 '사람 살려! 사람 살려!' 하고 다급한 외침이 들려도, 마을 사람 누구도 그 집으로 가지 못했어."

오랜 세월 너머로 숨었던 기억을 더듬어 말하면서 파주 언니는 마치 죄인이 된 것 같았다고 했다. 이후에도 그 집안 사람들을 마주하지 못했다. 노인정 회원들의 경험과 목격담이 끊임없이 이어졌다. 그들의 이야기는 전쟁으로 인해 얼마나 많은 여성이 희생되었고 주변 사람들의 인생이 어떻게 망가졌는지를 깨닫게 했다. 언니들이 내뱉는 단어마다 절규가 담겨 있었다.

나는 현기증을 느꼈다. 군인들을 피하지 못한 처녀들은 군인의 아이를 임신하면 유산하기 위해서 간장을 벌컥벌컥 마시거나 높은 곳에서 뛰어내리는 등의 갖가지 민간요법을 동원했다. 안전하지 않은 방법을 쓰다 보니 몸이 병드는 이들도 많았다. 결국 아이가 유산되지 않은 처녀들은 마을을 떠났다. 전쟁이 끝난 후 고아원마다 혼혈 아이들이 넘쳐났다.

언니들은 서로의 어깨를 토닥거리면서 위로했다. 시대를 잘못 만난 것이라며 한숨을 내쉬었다. 연신 막걸리 잔을 들어올렸다.

일찍 포기한 꿈

갑자기 송정리 언니가 벌떡 일어나 노인정에서 빌려준 노래방 기계를 연결해 음악을 틀었다. 우중충한 분위기를 날릴 신나는 트로트 반주가 흘러나왔다. 언니들의 분위기를 보고 나는 메인 조명을 끄고 간접 조명만 남겨 분위기를 바꾸었다.

"아이고. 징한 세월 이야기는 그만하고 어서들 생일잔치나 합시다."

송정리 언니는 마이크를 들고 '백세인생'을 부르기 시작했다. '구십 세에 저세상에서 날 데리러 오거든 알아서 갈 테니 재촉 말라 전해라~.' 언니들이 자리에서 일어나더니 춤을 추기 시작했다. 평택 언니가 마이크를 받아들고 노래를 이어 불렀다. '내 나이가 어때서 사랑하기 딱 좋은 나인데~.' 언니들은 막걸리를 주거니 받거니 하면서 세상을 잊은 듯 춤과 노래를 이어나갔다.

때마침 카페를 지나던 단골손님들도 슬그머니 들어와서 할머니들과 합석했다. 뮤지컬을 공부하는 학생도, 오늘 따라 일찍 퇴근한 유흥업소 아가씨도, 마을 사람들의 대소사를 앞장서서 챙기는 동네 삼촌도 카페로 모여들었다. 오늘의 주인공 예천 언니가 마이크를 들고 '보약 같은 친구'를 불렀다. 그 노래에 맞춰 모두가 일어나서 신나게 몸을 흔들어댔다.

어느새 카페에는 발 디딜 틈 없이 마을 사람들로 가득 찼다. 흥겹게 노래 부르던 예천 언니가 '사는 날까지 같이 가세. 보약 같은 친구야~'라고 노래를 마쳤다. 그 순간 모두가 박수를 치며 환호성을 질렀다. 그때 카페 조명이 꺼지고 보광동 언니가 새벽부터 만든 떡케이크를 내왔다. 케이크에는 여든여덟 개의 촛불이 빈틈없이 꽂혔다. 노래방 기계에서 생일 축하 반주곡이 흘러나왔다. 오늘의 주인공 예천 언니가 자리에서 일어나서 인사말을 하고 크게 숨을 내쉬어 양초 불을 껐다. 언니들은 '건강하게 백오십 수 하세요!'라며 박수를 쳤다.

예천 언니는 어릴 때부터 예절 바르고 머리가 영특한 아이로 동네에서 유명했고, 학교 선생님에게도 늘 사랑받았다고 했다. 언니는 중학교에 다니다가 해방을 맞았다. 일본으로 돌아가는 담임선생님을 배웅하기 위해서 안동역까지 나갔지만, 귀향하는 무수한 일본인들 사이에서 선생님을 찾을 수 없었다. 언니는 선생님을 동경해서 대구 사범학교를 졸업하고 선생님이 되고 싶었다. 그러나 예천에도 네이팜탄, 기관총, 로켓포가 쏟아졌다. 언니는 군인들을 피해 다락에서 반 년 이상 숨어 있다가 결국 먼 곳으로 시집을 갔다. 언니는 그때의 기억 때문에 평생 어둡고 답답한 곳에 가면 심장이 쿵쾅거렸다.

예천 언니는 결혼한 뒤 부엌 아궁이 앞에 앉을 때마다 학교에서 배웠던 시를 외웠다. 그 순간만은 꿈에 그리던 학교에 있는 듯했다. 그러나 아기가 등 뒤에서 칭얼거리면 바로 현실로 돌아와야 했다. 언니는 학교 의자가 아니라 아궁이 앞에 앉아 있는 자신의 모습이 너무나 서글펐다. 한일 국교가 정상화된 후에는 예천 집으로 일본에서 편지가 왔다. 제자를 걱정하는 선생님의 마음이 가득 담긴 편지였다. 언니는 일찍 아이의 엄마가 되어서 꿈을 접었다고 차마 답장하지 못했다.

예천 언니는 자리에서 일어서서 참석자들에게 감사 인사를 건넸다.

"다들 고마워. 나도 내 목숨 줄이 이리 길지 몰랐네."

마을 동네 사람들은 언니가 내년에도 무탈하게 생일잔치를 할 수 있길 기원하며 막걸리를 나누어 마셨다. 활짝 웃는 예천 언니의 얼굴은 분홍빛으로 물들었다.

보광동 언니가 떡 상자를 열어서 백설기, 찰떡, 콩떡, 경단을 꺼냈다. 나는 하얀 백설기를 베어 물었다. 보광동 언니의 떡에서는 눈가루처럼 소복하게 쌓인 쌀가루 본연의 맛이 입안 가득 느껴졌다. 보광동 언니는 일곱 살 때부터 떡장사를 하는 엄마를 도와서 떡을 만들었다. 언니는 취직해서 모은 돈으로 아랫마을에 방앗간을 차려서 어머니를 도와 떡장사를 할 것이라 생각했고, 은근히 그날을 기대하고 있었다.

그러나 서울 수복 이후, 딸이 군인에게 잡혀갈 것을 두려워한 엄마는 언니를 서둘러 시집보냈다. 어느 날 아기를 업고 물지게를 진 언니는 시댁으로 돌아오다가 고등학교 교복을 입은 친구의 모습을 보았는데, 그 순간 눈물이 하염없이 흘렀다. 전쟁만 아니었다면 그녀도 어머니의 떡장사를 도우며 학교에 다닐 수 있었을 것이고, 모녀가 정답게 방앗간을 운영하면서 떡 장사를 하며 지냈을지도 모를 일이다.

평택의 종갓집 며느리였던 언니가 명인 뺨치는 실력으로 만든 음식을 꺼냈다. 녹두전에는 실고추로 단아한 무늬가 수놓아져 있었다. 다른 언니들도 각기 집에서 만들어 온 음식을 꺼내 펼쳤다. 서울식 갈비찜, 원주식 추어탕, 함경도 가자미식혜, 강원도 총떡, 경기도 설야맥적, 충청도 도토리묵국, 전라도 낙지호롱, 홍어찜, 안동 찜닭 등이 연이어 나왔다. 팔도 음식 고수이자 음식 평론가나 마찬가지인 언니들이 만든 음식은 인사동의 유명 한정식보다

훨씬 맛있고 화려했다.

　노래를 부르던 익산 언니가 카페 단골손님인 뮤지컬을 공부하는 학생에게 마이크를 넘겼다. 중국에서 뮤지컬이 좋아서 무작정 한국으로 건너온 학생은 마이크를 들고 '아파트'를 부르며 노래를 시작했다. 할머니 팬클럽은 다시 자리에서 일어나서 노래를 따라 부르며 춤을 췄다. 목욕탕 바구니를 들고 가던 아주머니들도 카페 문을 살며시 열고 들어왔다. 뮤지컬 학생은 서너 곡 더 부르고 노래를 끝냈다. 언니들이 나에게도 마이크를 넘겼다. 나는 목청껏 '사랑의 배터리'를 불렀고, 언니들도 열심히 따라 불러줬다.

　한동안 신이 나서 춤추며 노래하며 놀던 언니들의 얼굴이 모두 복숭아처럼 붉어졌다. 흥분을 가라앉히고 자리에 앉은 언니들은 무릎을 탁탁 치며 웃었다. 신이 나 춤출 때는 관절염 통증을 잊었는데, 자리에 앉은 이후에야 아픈 걸 느끼는 모양이었다. 보광동 언니는 백설기를 썰어서 잔치 구경을 온 마을 사람들에게 나누어주었다. 미용실 파마 모자를 쓰고 온 할머니, 목욕탕 바구니를 들고 지나가던 아주머니도 백설기 봉지를 하나씩 들고 카페 문을 나섰다. 나는 보광동 사람들이 식구이자 가족이라고 느꼈다. 피로 이어져야 가족이고 식구인 것이 아니다. 한자리에서 밥을 나누어 먹는 사람들, 마을 잔치에 모여 음식을 나누어 먹는 보광동 사람들이 나에겐 참된 식구이자 한 가족이었다.

백의를 잃어버린 백의민족

뮤지컬을 배우는 학생이 입고 온 하얀 원피스를 오래 바라보던 평택 언니는 막걸리를 마시면서 피난을 다니던 시절 이야기를 꺼냈다.

"전쟁 때는 흰 옷도 못 입었지. 흰 옷만 입어도 기관총 사격을 당했어."

한국전쟁 당시 전투기는 흰옷 입은 피난민을 모기떼처럼 따라다녔다. 총알을 피해서 수차례 언덕 아래로 굴러떨어지고 강으로 뛰어들었다. 흰옷을 입고 논에서 일하던 작은아버지도, 빨래를 하던 큰어머니도 엄지손가락만 한 총알을 맞고 죽었다.

당시 미 공군은 사실상 남한 지역의 민간인을 적 병력과 동일시했다. 남한지역 초토화 작전 중 폭격기 조종사들은 남한 내 작전 구역에서 보이는 모든 "흰옷을 입은 사람people in white"을 모두 적으로 간주해 대규모 네이팜탄 폭격을 진행했다. 실제로 폭격을 위해 동태를 살피던 정찰관들은 흰옷을 입고 있는 사람들을 사실상 적으로 간주해 보고했다고 말하기도 했다.[*]

평택 언니의 이야기를 듣던 나는 무심코 그녀의 꽃무늬 신발과 은사가 섞인 반짝이 양말을 바라보았다. 언니는 꽃이 가득 그려진 붉은 블라우스에 화려한 문양이 찍힌 남색 바지를 입고 있었다. 나는 평택 언니의 현란한 패션을 볼 때마다 이솝우화에 나오는 공작새 깃털을 몸에 꽂은 것 같다고 생각했었다. 흰옷을 입지 않는 언니는 결코 '흰옷을 입으면 총 맞아 죽는다'라는 트라우마가 만든 가슴 깊숙이 자리한 무의식을 알지 못했다.

월미도 언니도 목이 마른지 얼음물을 벌컥거리면서 삼

---

[*] 김태우, 「한국전쟁기 미 공군의 공중폭격에 관한 연구」, 박사학위논문, 서울대학교 대학원, 2008, 329~330쪽 참조.

켰다. 언니도 갈라진 목소리로 인천상륙작전으로 마을이 불탄 마을 이야기를 꺼냈다.

"우리 논으로 쌕쌕이가 빙빙 돌다 낮게 날아오면서 기관총을 쏘았어. 비행기가 얼마나 낮게 나는지 나는 조종사 얼굴도 봤어. 비행기에는 미군의 별 표시와 NAVY라는 글자가 새겨져 있었어. 우리 마을은 네이팜에 모두 불타고 어릴 적 친구들도 대부분 기관총 사격으로 죽었어. 나는 그중에 간신히 살아남은 아이였어."

월미도 언니는 아침밥을 먹고 있는데 지붕을 뚫고 기관총이 쏟아졌다고 했다. 급히 마당으로 나와 보니 미 해군 전함들이 인천 앞바다 가득 떠 있었다. 갯벌로 피했지만 전투기의 기관총 사격은 끊임없이 이어졌고 여기저기서 사람들이 피를 흘리며 쓰러졌다. 흰 옷을 벗어서 흔들었지만 소용없었다. 월미도는 네이팜탄이 투하되어 마을 전체가 불타올랐다.[**]

전쟁의 트라우마는 흰 옷을 입고 흰색을 숭상해온 우

[**] 9월 10일 미군은 월미도 동쪽에 500명 이상의 민간인이 거주하고 있음을 알고 있었는데도 그곳에 집중 폭격을 감행하여 마을을 무차별적으로 파괴했다.

리 민족의 문화마저 바꿔버린 것 같다. 한국전쟁에서 겪은 처참한 민간인 학살과 그것을 목격한 경험은 무의식에 흰 옷에 대한 공포를 심어준 것이라는 생각이 들었다. 대한민국 시골 장터는 나이트클럽 조명 같은 반짝거리는 옷과 현란한 꽃무늬 옷이 점령한 지 오래다. 흰색의 단아한 옷은 시장에서 좀처럼 찾아보기 어렵다. 사랑하는 내 할머니도 흰색 모시저고리와 옥색치마를 벗어던지고 꽃무늬 대열에 합류하셨었다. 어느 시장엘 가나 채소를 파는 아주머니들도 꽃무늬가 만개한 옷을 입고 반짝이 모자를 쓴다. 생선 파는 아저씨도 단풍나무 색깔의 윗옷을 입고 붉은 모자를 쓴다. 화려한 옷을 입고 순수한 민간인이라는 것을 증명하여 목숨을 구하고 싶은 마음이 트라우마로 인해 무의식에 자리 잡은 것은 아닐까. 실제로 과학자들은 고통스러운 경험과 기억, 그로 인한 트라우마는 한 세대에서 다음 세대로 유전될 수 있다는 생물학적 증거를 밝혀내고 있다. 과학자들은 가족 사이에 유전되는 트라우마가 최소한 3대는 이어진다고 분석한다.

암울한 전쟁의 기억은 전쟁을 겪지 않은 세대에게도 유전된 듯하다. 이제 사람들은 흰 옷 대신 형형색색의 옷을 입고 전국의 산과 들을 물들이고 있다.

한 끗 차이

만족할 만큼 춤을 추고 노랠 부른 언니들은 막걸리를 마시면서 살아온 날들을 조용조용 이야기하고 있었다. 아흔이다 되어가는 언니들의 이야기를 듣다 보면 언니들의 부모, 조부모까지 150여 년에 걸친 역사를 알 수 있었다. 언니들의 이야기는 역사책에는 기록되지 않는 민초들의 살아 있는 역사이기도 했다.

익산 언니의 조부모는 동학군이 되어 일본군과 맞서 싸웠다고 한다. 회령 언니의 약혼자는 낙동강 전선에 장교로 참전했다가 끝내 돌아오지 않았다. 언니는 10년이나 약혼자 소식을 기다렸지만 무소식이었다. 언니의 부모님은 약혼자가 죽었을 것이라며 언니를 다른 남자에게 시집 보내버렸다. 산청 언니네 마을은 토벌대에 의해 전부 불타버렸다. 이 모든 것들이 우리의 역사였지만 하나하나 기록되지는 못했다. 가슴 아픈 민초들의 역사는 기억으로, 구전으로만 전해졌다. 수많은 역사가 권력자에 의해서, 그들을 위해서 기록되었기 때문이었다.

익산 언니는 버릇처럼 말끝마다 '한 끗 차이'라고 했다. 계단에서 넘어졌지만 '한 끗 차이'로 목숨을 구했고, 더위를 먹어 쓰러졌을 때도 '한 끗 차이'로 살았다고 했다. 그녀는 1950년 7월 초, 이리 장날에 시장에 가다가 전투기가 이리역을 폭격하는 것을 보았다. 이리역 직원이 역사 지붕에 올라가서 태극기를 다급히 흔들며 아군인 것을 알렸지만 전투기는 아랑곳하지 않고 이리역 일대를 초토화시켰다. 지갑을 잃어버려 예정보다 늦게 도착한 익산 언니는 다행히 목숨을 구할 수 있었다. 삶과 죽음의 간극은 정말이지 '한 끗 차이'였던 것이다.

춘천 언니도 피난 가다가 홍천 삼마치 고개에서 엄동설한에 얼어붙어 있는 수많은 피난민 시체를 보았다. 춘천 언니가 홍천을 지나가기 전날, 폭격기는 피난민들을 향해 무차별 폭격을 가했고 삼마치 고개 일대에서는 피난민 수천 명이 목숨을 잃었다.[*] 보광동 언니는 대전 가는 피난 기차에 올랐다가 폭격을 맞았다. 기차가 탈선했지만 '한 끗 차이'로 살았다. 피난민들의 시체에 깔려 있다가 간신히 살아난 언니는 다친 다리를 절뚝거리면서 한 달이나 걸려 대전까지 걸어갔다. 핏구정물을 간신히 닦아낸 몰골로 구걸을 하거나 산과 들에서 어떻게든 먹을 것을 찾아 겨우 살아남았다. 대전에 이르러 시장에서 구걸하며 어디로 갈지 고민하던 중에 피난 기차에서 잃어버린 어머니와 상봉했다. 덕분에 옥천 외갓집에서 안전하게 지내다가 서울 수복 이후 보광동으로 돌아왔다.

보광동에 돌아온 후 어머니 딸을 시집보내는 것이 안전할 것이라 생각해 아랫마을 종갓집에 시집보내려 했다. 그 사실 안 언니는 종갓집 시집살이가 싫어 도망치다

---

[*] 1951년 1월 5일 미군은 삼마치고개에서 피난민들을 막았고, 그 일대에 무차별 폭격을 가했다. 증언에 따르면 삼마치고개 인근 9km의 길이 온통 시신으로 덮여 있었다고 한다. (진실화해위원회, 《집단희생규명위원회 8》, 2008 참조)

가 '한 끗 차이'로 우사단 언덕에서 머리채를 잡혔다. 그 '한 끗 차이'로 종갓집 며느리로 평생을 고생했다. 능력 없는 남편을 대신하여 가장 노릇까지 하느라 안 해본 일이 없었다. 한때는 종갓집 며느리의 음식 솜씨를 인정받아서 용산 미군 기지에서 한식 조리 담당으로 일하기도 했다.

어떻게든 살아남은 언니들은 오늘이 마치 삶의 마지막 날인 듯 최선을 다해서 살았다. 한남 노인복지관 노래자랑에도 나가고 용산노인회 체육대회도 나갔다. 병원에 열심히 다니며 건강을 관리했고 마을 청소에도 팔을 걷어붙이고 나섰다. 마을의 안녕을 위해서 한강 느티나무 아래에서 기도도 열심히 했다. 언니들은 삼신할미로부터 복받은 '한 끗 차이' 인생이라서 조금이라도 허투루 살면 안 된다고 센 목소리로 강조했다. 언니들은 '한 끗 차이'로 목숨을 건져서 눈부신 삶을 살아올 수 있었던 것이다.

헬로, 아이 러브 유

그나마 시집이라도 가서 가족과 함께 살 수 있었던 언니들은 사실 행운아였을지도 모른다. 용산에 미군 기지가 들어오면서 전국에서 사연 많은 여자들이 살기 위해 보광동으로 흘러들어 왔다. 대부분 전쟁으로 가족을 잃거나 영영 헤어져버린 여자들이었다.[*] 그들은 철조망을 두른 용산 미군 기지 담벼락에 판잣집을 짓고 살았다. 아이들은 미군을 따라다니면서 '헬로, 기브 미 초코렛'을 외쳤다. 많은 여성들이 미군 기지 담벼락에 서서 '헬로, 아이 러브

---

[*] 한국전쟁으로 남편을 잃은 여성은 32만 명, 부모를 잃은 아이는 53만 명으로 추산된다.

유'를 외치며 미군 옷자락을 잡아야 했다. 그녀들은 그렇게 번 돈으로 아이들을 키우고 동생들을 학교에 보냈다.

보광동 언니 집에 세 들어 살던 양공주는 지리산의 빨치산을 토벌하겠다는 국군과 유엔군에게 부모를 잃었다. 어린 동생 셋을 데리고 서울로 올라온 열일곱 소녀는 양공주가 되어 번 돈으로 동생들을 학교에 보냈다. 그러나 그녀는 스무 살이 되기 전에 폐병이 들었고 온갖 합병증을 얻어 세상을 떠났다.

시골에서 올라온 여성들은 먹고살 길이 막막했다. 숙식을 해결해준다는 직업훈련소 소장의 말에 속아서 기지촌으로 팔려가는 일도 허다했다. 이들은 미군을 상대로 하는 클럽에 나가 터무니없이 낮은 기본급과 손님에게 판 술값의 일부를 받았다. 그녀들은 이를 '드링크 머니'라고 불렀다. 그러나 할당된 술을 팔지 못하면 드링크 머니는 턱없이 줄어들었고 기본급만으로는 생활하기 어려웠다. 또 업주들은 매상이나 실적 등을 핑계로 월급을 제때 지급하지 않았고, 당장 가족을 부양하고 먹고살기가 막막해진 여성들에게 미군과의 성매매를 종용했다.

양공주를 만나는 대다수의 미군 사병들은 교육을 제대로 받지 못했거나 음주나 폭력적인 성향으로 문제가 있었다. 한편 양공주들에게 미군과 결혼하여 한국을 떠나는 것은 미래가 보이지 않는 현재의 삶에서 벗어날 수 있는 희망이자 탈출구로 여겨지기도 했다. 그러한 상황을 알고 있었던 미군들은 양공주에게 본국으로 돌아갈 때 함께 가자고 거짓말을 하며 온갖 방식으로 그들을 착취했고, 말한마디 없이 사라지곤 했다. 그러나 불평등한 주한미군지위협정SOFA 때문에 양공주가 미군에게 폭행을 당하거나 심지어 살해되는 일이 벌어져도 미군은 제대로 처벌받지 않고 미국으로 돌아갔다. 미군들은 그 사실 역시 너무 잘 알고 있었다. 그렇게 버림받은 양공주들은 절망에 빠져 한강에 뛰어들거나 죽으려고 농약을 먹기도 했다. 보광동 사람들은 종종 한강에 나갔다가 한강에서 떠내려 오는 시신을 보는 끔찍한 일을 겪곤 했다.

"한강에 빠지기 전에 뒤를 돌아보는 사람은 삶에 대한 애착이 있어서 살아. 물을 향해서 눈을 질끈 감고 돌진하는 사람은 죽더라고."

송정리 언니가 류머티스 관절염으로 굽어지지 않는 손
마디를 만지작거리면서 말했다. 언니의 손마디는 늙은 느
티나무 뿌리처럼 굽었다.

"그 추운 겨울에 양공주들이 하늘하늘한 옷을 입고 추위
에 벌벌 떨면서 후커힐Hooker hill*에 서 있던 모습이 아직도
생각나."

송정리 언니는 후커힐 초입에서 20여 년 넘게 식당을
운영했었다. 식당의 단골손님들은 대부분 양공주였다. 그
중에는 달콤한 거짓말로 미래를 약속하는 척하던 미군에
게 버림받은 충격으로 식음을 전폐하고 앓아 누운 이도
많았다. 언니는 그녀들을 위하여 죽을 쑤어주고 친엄마처
럼 다독여주며 보살폈다.

미군과 미국으로 떠난 양공주들도 불행해지는 경우가
많았다. 후커힐 초입에서 구제옷을 파는 난전을 하는 여
인이 있었다. 그녀도 후커힐에서 있던 바에서 양공주로

---

* 1960년대에 이태원 소방서 뒤편에서 우사단까지 미군을 상대하는 술집이 늘어선
골목을 '텍사스 골목'이라고 불렀다. 특히 이태원 우사단로14길은 미군 전용 유흥
업소가 몰려 있어서 '후커힐'로 불렀다.

오랫동안 일하다가 미군을 만나 결혼했다. 송정리 언니는 그녀가 미국으로 건너가기 전에 딸을 시집보내는 것처럼 맛있는 음식을 잔뜩 해서 먹이고 빈털터리로 미국으로 건너가는 그녀의 손에 몇 달러를 쥐여주며 행복을 빌었다. 하지만 막상 그녀를 데려간 미군은 정식으로 혼인신고도 하지 않았고 그녀를 수시로 때리거나 학대했다. 결국에는 그녀를 차에 태워서 사막 한가운데 버리고 떠나버렸다. 그녀는 며칠을 먹지도 마시지도 못한 채 걷다가 다행히 히치하이킹을 해 사막을 벗어나 살아남을 수 있었다. 그 후로 체류 자격을 잃고 미국에서 수년을 고생하다 다시 보광동으로 돌아왔지만 몸도 마음도 성치 못했다.

그녀는 후커힐 쪽으로는 고개도 돌리지 않고 구제옷을 떼다 팔았다. 하루 종일 의자를 펴고 앉아 초점 없는 눈으로 앉아서 영어로 노래를 부르거나 이해할 수 없는 말을 하다가 손님이 오면 벌떡 일어나 옷을 팔았다. 보광동 사람들은 그녀 앞을 지나칠 때 음료수나 먹을 것을 나눠주곤 했다.

송정리 언니는 미군과 미국으로 건너갔다가 갖은 고생을 하고 상처만 받고 돌아온 아가씨들을 보광동에서 다시 만날 때마다 가슴이 미어졌다. 미군과 미국으로 떠나는 것은 아메리카 드림이 아닌 아메리카 헬이었다. 꿈에 부풀어 미국으로 건너간 아가씨들은 미군의 폭력을 피해 간신히 살아남아 보광동으로 돌아왔다. 그렇게 돌아온 아가씨들은 먹고살 방법이 없어 양공주 생활을 다시 시작하기도 했다. 미군에게 상처받고 정에 굶주린 아가씨들은 명절이 되면 선물을 사 들고 송정리 언니를 찾아와서 인사를 했다. 후커힐 식당에서 든든하게 버티고 있는 송정리 언니는 모두에게 친구이자 언니이자 엄마가 되어주었다.

양공주들은 다른 마을에서는 사회적으로 냉대를 받았지만 보광동에서는 함께 사는 이웃이었다. 주기적으로 찾아오는 양공주 단속 기간이 되면 경찰은 이태원에 검문소를 설치했다. 보광동 아이들은 양공주들이 경찰차에 실려서 어디론가 끌려가는 것을 두고 보지 않았다. 아이들은 양공주의 손을 잡고 친누나인 척하며 경찰을 속이고 검문소를 통과하게 도왔다. 게다가 보광동에서 그녀들은 식당, 미장원, 화장품 가게, 옷 가게, 술집 등의 매출을 올려주는 주요한 손님이기도 해서, 마을 사람들도 양공주를 지켜줘야 한다는 생각을 갖고 있었다.

명절에도 고향에 돌아가지 못하는 그녀들을 위해 보광동에는 여느 때처럼 문을 여는 식당이 많았다. 마을 사람들이 집에서 만든 명절 음식을 그녀들에게 나눠주기도 했다. 미군 기지가 평택으로 이전하면서 양공주들이 마을을 떠난 이후로 보광동은 불황으로 접어들었다. 그만큼 양공주들이 보광동에서 중요한 위치를 담당했던 것이다.

송정리 언니는 친하게 지내던 나이 든 양공주들의 안부가 걱정되어 수소문했다. 언니는 나이 든 양공주들이 모여 산다는 의정부 뺴벌마을까지 가봤다. 가족들로부터 버림받고 질병으로 고통받은 나이 든 양공주들이 횅한 눈빛으로 골목길에 앉아 있었다. 그중 언니가 찾는 보광동 양공주들은 없었다. 뺴벌마을 양공주들은 기지촌에 오래 살아 고향이라 생각하고 산다면서, 기지촌에서 죽어야 아는 사람들이 자신을 묻어줄 것이라고 했다. 언니는 친했던 양공주들이 서로 의지하는 뺴벌마을 양공주들과 달리 마음 둘 곳 없이 쓸쓸하게 생을 마감하고 있지 않을지 걱정하면서 눈물을 훔쳤다.

2부

박씨 아저씨의 운동화

박씨 아저씨는 주로 인적이 뜸해지는 저녁 시간에 카페에
왔다. 커피를 좋아하는 그는 늘 고심하여 원두를 골랐고,
커피를 주문하고 나면 한국어와 영어를 섞어 하루 동안 있
었던 이야기를 신나게 들려주곤 했다. 마감 시간까지 머무
는 날이면 가게 정리를 도와주는 친절한 손님이기도 했다.
미국에서 취미로 사진과 미술을 배운 그는 자신이 찍은 흑
백사진을 크게 인화해 액자에 넣어 선물하거나 벽면에 레
터링을 해주는 등 카페 인테리어까지 도와주었다. 새로운
원두가 들어오는 날이면 신이 나서 달려와 함께 커피 테스
팅을 하며 원두에 대해 토론하는 날도 있었다.

그는 미국에서 홀로 지내며 다양한 취미 생활에 목을 매었다. 낯선 땅에서의 외로움을 달래려는 것이 아니었을까. 카페에 찾아와 무례한 행동을 일삼는 여느 아저씨들과 달리 친절한 그에게서는 다양한 취향과 미적 감각을 찾을 수 있었다.

그는 커피를 마시며 종종 남미여행 이야기를 들려주었다. 그가 한창 모터사이클에 빠져 있을 때라 울퉁불퉁한 남미의 흙길을 무섭게 덜컹대며 질주했었다고 한다. 한국인보다 남미 사람에 가까운 커피색 피부에 이목구비가 짙은 그가 한국인임을 밝히면 남미 사람들은 늘 놀라워했다. 그는 인종, 국적, 나이, 성별 등에 상관하지 않고 누구를 만나도 잘 어울리는 사람이었다. 보사노바를 틀어놓고 커피를 마시며 그의 남미 이야기를 들으면 남미 대륙 한가운데 있는 듯한 기분이 들었다. 보광동에서는 그의 복잡한 영어 이름 대신 편하게 '박씨 아저씨'라고 불렀다. 그는 평생 불려본 적 없는 자신의 한국스러운 호칭을 좋아했다.

보광동 골목길에 처음 왔을 때, 나를 매료시킨 것은 다양한 피부색을 가진 아이들이 골목길을 뛰어다니는 모습이었다. 보광동 유치원에는 혼혈 아이들이 다른 동네보다 많았다. 미군 기지가 가까운 보광동은 다른 마을과 달리 혼혈 아이에 대한 차별이 덜해서 혼혈 아이를 둔 부모들이 많이 이주해왔다. 같은 국가에서 온 부모들도 많다 보니 서로 교류하기도 좋았고, 아이들도 모국의 문화를 잘 이해할 수 있었다. 아이들뿐만 아니라 외국 사람처럼 보이는 어르신들도 유창한 한국말로 대화를 하고 있었다. 중절모를 쓰고 단정한 재킷을 주로 입는 환갑이 넘은 단골 아저씨는 한국전쟁에 참전한 영국 군인의 아들이었다.

박씨 아저씨도 전후에 태어난 흑인 혼혈인으로, 빨래하러 가다가 미군에게 끌려간 어머니에게서 태어난 아이였다. 박씨 아저씨는 세상에 나올 때부터 천시를 받아야 했다. 피부색이 다른 아이를 처음 본 어머니는 깜짝 놀랐고 이내 부모조차 알 수 없는 아이와 자신의 신세를 생각하며 오랫동안 울었다. 아기가 걸음마를 떼고 골목길에 나가 놀기 시작할 때부터 이웃 아이들에게 놀림을 받았다. 아이들은 아이를 연탄이나 숯검댕이라고 부르면서 가까이 다가오지 말라고 돌을 던지곤 했다. 종종 아이와 놀고 싶어하는 착한 아이들도 있었지만, 주변의 괴롭힘이 심해 어느덧 멀어지고 말았다.

어머니는 아이를 데리고 나고 자란 고향 마을을 떠나 연고가 없는 보광동에 정착했다. 어머니는 용산 청과물 시장에서 행상을 하면서 아이를 키웠다. 보광동에서는 고향 마을과 달리 피부색이 다르다는 사실에 크게 놀라지 않았다. 아이도 자신과 피부색이 비슷한 친구들이 많아 마을 친구들과 평범하게 축구도 하고 학교에 다닐 수 있었다. 전국 곳곳에서 차별과 멸시를 피해 올라온 보광동 아이들은 팔도 사투리로 떠들면서 골목길을 뛰어다녔다.

그러나 그가 보광국민학교를 졸업하고 다른 동네에 있는 중학교에 진학하면서 문제가 생겼다. 보광동이라는 안전한 울타리를 벗어나자마자 피부색으로 놀리거나 따돌리려는 아이들을 만났다. 친한 보광동 아이들도 다른 학교로 뿔뿔이 흩어졌고, 박씨 아저씨는 괴롭힘에 시달리다 결국 학교를 그만두고 말았다. 그 후 이태원 클럽 일대에서 질 나쁜 친구들과 어울려 몇 번 경찰서 신세를 지기도 했다. 그는 한국에서 자신이 설 자리가 없다고 생각했고 결국 미국으로 이민 가기로 마음먹었다. 어머니는 한국에서 함께 지내길 원했지만, 서러움과 분노로 씩씩대며 우는 아들을 차마 붙잡지 못했다.

우여곡절 끝에 미국으로 건너간 박씨 아저씨는 뉴저지에서 건물 청소부로 일했다. 일도 고되었지만 사무치게 외로운 날이 많았고, 미국에 오니 또 한국 사람이라고 인종 차별을 겪어야 했다. 한국에서는 외국 사람이라고, 미국에서는 한국 사람이라고 멸시와 괴롭힘에 시달려야 했다. 새벽녘에 버스를 타고 일터로 향할 때마다 어릴 적 뛰놀던 보광동을 떠올렸다. 친구들과 천변에서 물장구를 치며 고기를 낚던 시간들이 그리웠다.

그는 종종 어머니를 뵈러 보광동에 다녀왔지만 어린 시절에 대한 향수는 옅어지지 않았다. 고향에 대한 그리움과 차별로 인한 서러움을 잊기 위해 취미를 가꾸는 데 몰두했다. 그는 친근하게 대하다가도 그들이 불편한 순간이 오면 한국 사람이라고 선을 긋고 차별의 시선을 보내는 미국 사람들에게 질려버렸기 때문에, 혼자 할 수 있는 일을 찾아 나섰다. 그렇게 그림을 배우고 커피 맛을 익히고 사진을 찍는 건물 청소부로 수십 년을 살아갔다. 취미 생활과 매달 보내드리는 용돈 외에는 달리 돈을 쓰지 않으니 돈은 차곡차곡 모였고, 결국 어머니께서 편찮으시다는 소식을 듣고 보광동으로 돌아오기로 결심했다.

박씨 아저씨는 어머니와 단둘이 살았던 우사단 언덕에 다시 자리를 잡았다. 우사단 언덕은 어릴 때와 다름없는 한강바람이 불어오고 있었다. 미국에서 중고 LP판과 빈티지를 수입해 되파는 일을 하면서 새로운 생활을 꾸렸다. 미국에서의 취미 생활이 빛을 발하는 순간이었다. 그의 특별한 안목에 마니아 손님들이 항상 가게를 찾아주어 어머니와 생활하기에 불편하지 않을 만큼의 돈을 벌 수 있었다.

그는 자주 보광동 시장에서 종종 새 운동화를 사 왔다. 이미 멀쩡한 여러 켤레의 운동화가 있었지만, 마음에 드는 새제품이 나올 때마다 꾸준히 사 모았다. 때로는 오래전 미군이 철수하다가 남긴 빈티지 운동화를 발굴하기도 했다. 미군들이 거칠게 신은 탓에 상태는 안 좋았지만, 그는 희귀한 운동화를 건질 때면 잇몸이 훤히 드러나도록 웃었다. 이웃들은 그의 수집벽이 과도하다며 종종 흉을 봤지만 그는 개의치 않았다. 새로운 운동화를 신은 날이면 세상에서 가장 행복하다는 얼굴로 카페에 나타나 자랑을 하곤 했다. 가난한 어린 시절에는 늘 새 운동화를 신는 게 소원이었다고 했다. 엄마는 종일 시장에서 일했지만 맞은편 신발 가게에서 새 운동화 하나 사다줄 형편이 되지 못했다.

나는 그가 새 운동화를 신고 오거나 마음에 드는 운동화를 가져올 때마다 폴라로이드 사진을 찍어 카페에 만들어둔 마을 소식판에 붙였다. 작년 여름부터 그가 신고 온 각양각색의 운동화는 모두 스물한 켤레. 새 운동화들과 함께 활짝 웃는 박씨 아저씨의 얼굴은 늘 게시판 한편에 자리하고 있었다.

보광동에 석양이 지고 밤이 찾아오자, 박씨 아저씨가 운동화를 신고 우사단 언덕을 성큼성큼 올라오는 모습이 보였다. 나는 박씨 아저씨를 위해 음악 파일에서 리처드 용재 오닐의 바이올린 연주곡 중 '섬집 아기'를 선곡했다.

어린 시절 그는 우사단 언덕길에서 일하러 나간 엄마를
기다리며 골목을 서성이곤 했다. 카페에 온 그는 오늘은
유달리 조용하게 커피를 주문하고 앉아 눈을 지긋하게 감
은 채 바이올린 선율을 즐겼다. 박씨 아저씨의 모습은 평
온해 보이기도 했고 슬퍼 보이기도 했다.

고통의 무게

우사단 언덕에 낮게 붙은 집에 하나둘 불이 켜졌다. 밤업소를 다니는 아가씨들이 화려한 옷을 차려 입고 골목길을 바쁘게 걸어갔다. 새벽녘까지 술을 마시며 손님들을 상대하거나 춤을 추는 그녀들의 삶이 시작되는 시간이었다. 카페 문을 활짝 열어놓고 스피커 볼륨을 올렸다. 오늘밤에도 힘든 노동을 해야 하는 그들을 위해서 아말리아 로드리게스의 애절한 목소리가 담긴 포르투갈의 파두 음악을 틀었다. 오늘 밤에는 거친 주정뱅이나 진상을 만나지 않길 기도했다.

트랜스젠더 바에 나가는 아가씨들이 출근길에 킬힐을

신고 커피를 사러 들렀다. 카페 문을 닫을 시간이 되자, '다찌' 아가씨들이 해장 커피를 사갔다. '다찌'는 업무차 일본에 오는 돈 많은 남자들이 현지처로 삼은 아가씨들이었다. 그들도 밤에 일하는 아가씨들 못지않게 안색이 좋지 않았다.

밤손님들을 받으며 마음이 점차 무거워졌다. 오늘 밤의 풍경은 지난 60여 년 간 변함없이 이어진 보광동의 모습이었다. 아가씨들이 나이가 들어 보광동을 떠나면 그 자리에 다른 젊은 아가씨들이 들어왔다. 먹고살 방도가 없어 용산 기지의 그늘 아래서 일해야 했던 수많은 아가씨는 모두 어디로 갔을까? 평안한 결혼 생활을 보내고 있을까? 어딘가 정착해서 안락한 노후를 맞이했을까? 아니면 노년을 맞이하기도 전에 병이나 사고로 죽었을까? 나는 그녀들의 안부가 궁금했지만 알 길이 없었다.

문득 한국전쟁 전후에 파주에서 찍힌 어느 양공주 사진이 떠올랐다. 사진 속 그녀는 미군의 환심을 사기 위해서 당시 유행하던 〈로마의 휴일〉의 주연 오드리 헵번의 커트 머리를 하고 흰색 땡땡이 무늬 원피스를 입었다. 영화의 주인공처럼 청아하게 아름다웠던 그녀는, 그녀들은 어떻게 살고 있을까.

사람이 죽으면 육체를 떠나는 영혼의 무게가 21그램이라는 말이 있다. 영혼에도 무게가 있다면, 고통에도 무게가 있을지도 모르겠다. 그렇다면 그 무게는 어떻게 측정할 수 있을까. 세상 사람들이 가진 고통의 무게를 1에서 10까지 등급을 매긴다면, 전쟁의 참상을 겪은 여성의 고통은 단연 10에 가까울 것이다. 어쩌면 가늠할 수 없는 장외 등급일지도 모르겠다. 전쟁 중에 자행되었던 무수한 성폭력의 고통을 숨기고 살아야 했던 여자들은 특히 그럴 것이다. 전쟁은 여자에게 더욱 가혹한 참상이었다.

상념에 빠져 가게를 치우기 피곤해 멍하니 보광동 골목길을 바라보고 있는데 갑자기 눈앞에 긴 머리의 여인이 불쑥 나타나 자리에서 벌떡 일어났다. 그녀는 카페 테라스에서 커피를 테이크아웃하고는 눈길을 피했다. 카페 손님들이 종종 말하던, 우사단 언덕에 사는 몸과 마음이 많이 아프다던 아가씨 같았다.

아가씨의 단골 호떡집 아주머니의 전언에 의하면 그녀

는 어린 나이에 부모를 잃고 보광동에 흘러들었다고 한
다. 그때는 남자아이였는데, 하면서 그녀의 어린 시절을
회상했다. 호텔이나 이태원 클럽에서 청소를 하다가 어느
순간부터 무대에 오르기 시작한 그녀는 성전환 수술을 위
해 돈을 악착까지 모았다. 비교적 수술 비용이 싼 태국까
지 가서 성전환 수술을 했지만, 수술 후유증으로 턱이 비
틀어지고 척추 디스크가 겹쳐 더 이상 무대에 오르기는
어려워졌다. 자신의 비틀어진 턱과 사람들의 시선이 부담
스러워 앞머리를 길러 얼굴을 반쯤 가리고 선글라스를 끼
고 다녔다. 그녀는 이제 집에서 일을 하며 생계를 해결했
는데 어떤 일을 하는지는 아무도 몰랐다. 주로 장을 보고
카페 마감 시간 즈음에 커피를 사러 오곤 했다.

커피 캐리어에 따뜻한 커피와 함께 머핀을 데워서 봉지
에 담아 함께 건넸다. 그녀는 며칠 앓아 누워 있던 사람처
럼 안색이 나빴고 한눈에 봐도 여위어 있었다. 그녀는 내
호의를 완강하게 거절했지만 커피만 마시지 말고 뭐라도
먹어야 한다고 단단히 우겨 손에 쥐여주었다. 그녀는 한
강 갈대처럼 휘청거리며 우사단 언덕을 힘겹게 올랐다.

이태원 소방서 뒤편에는 '게이 힐'*이 있었다. 미군 기지가 평택으로 이전하자 양공주들이 떠나 이태원 일대는 잠시 황량해졌다. 그 자리에 성소수자들이 들어왔다. 보광동에 사는 성소수자들은 클럽에서 댄서로 일하는 사람이 많았다. 보광동은 이태원과 지리적으로 가깝고 월세가 저렴했기 때문이다. 자연스럽게 서로를 돌봐주는 성소수자 공동체가 생겨났다.

보광동 마을 사람들은 성소수자를 차별 없이 이웃사촌으로 받아들였다. 그녀들은 공주풍의 원피스 밑에 하이힐을 신고 또각또각 소리를 내며 골목을 누볐다. 마을에는 발이 큰 그녀들을 위한 전문 신발 가게도 있었다. 보광동 아주머니들은 그녀들을 어색해하지 않았고, 그녀들도 눈치 보지 않고 원하는 옷차림으로 식당과 술집에 갔다. 성전환 수술을 한 그녀들을 목욕탕에서도 쉽게 만날 수 있었다. 그녀들은 마을 아주머니들하고 언니 동생하면서 서로의 등을 밀어주고 뜨거운 사우나에 앉아서 같이 땀을

* 우사단로12길에 위치한, 성소수자들을 위한 바와 술집이 들어선 거리.

흘리며 식혜를 마시고 수다를 떨었다.

　매일 같이 출근길에 카페에 들러 커피를 사가는 망고 엄마는 이태원 클럽에서 댄서로 유명했다. 망고 엄마는 우사단길 옥탑방에서 강아지 망고와 함께 살고 있다. 큰 키에 호리호리한 몸매를 가진 망고 엄마는 초등학교 6학년 때 자신의 성별에 위화감을 느끼고 성정체성을 고민하게 되었다. 부모님과 태어날 때부터 다니던 교회는 망고 엄마를 이해하지 못했다. 그녀는 어린 나이에 집을 나와 방황하다가 보광동에 정착했다. 망고 엄마는 이태원에서 아르바이트를 하면서 돈을 벌어 댄스 학원에 등록했고, 클럽 댄서가 되어 돈을 모은 뒤 성전환 수술을 했다. 가족과 결별한 망고 엄마에게 보광동 이웃들, 특히 성소수자 공동체는 튼튼한 울타리가 되어서 망고 엄마를 일으켜 세웠다. 그들은 왜 이곳에 망고 엄마와 같은 사람들이 들어오는지 누구보다 잘 알고 있었다.

　망고 엄마는 쉬는 날이면 종종 카페에 찾아와 커피를 만들고 커피 기계를 다루는 법을 알려 달라고 했다. 언젠가 나이가 들어 더 이상 무대에 서지 못하면 바다가 보이는 곳에서 카페를 여는 것이 소원이라 했다. 바다가 보이는 카페에서 이웃들과 즐겁게 커피를 나눌 망고 엄마의 미래를 생각하며, 나는 늘 애틋한 얼굴로 망고 엄마가 물어보지도 않은 것까지 세세하게 가르쳐주었다.

기품 있는 어르신

어느덧 봄이 가고 서서히 더워지는가 싶더니, 전국적으로
40도를 오르내리는 폭염이 찾아왔다. 열기로 달아오른 아
스팔트에서는 쉴 없이 아지랑이가 피어올랐다. 숨이 턱
막히고 달궈진 솥뚜껑 위의 삼겹살처럼 자글자글 구워지
는 느낌이었다. 보광동 사람들은 그 더위를 맨몸으로 견
뎌내고 있었다. 전기 요금 걱정에 에어컨도 마음 놓고 틀
기 어려웠다. 사람들은 더위를 피하기 위해 낮에는 자치
회관이나 경로당을 찾았고 밤에는 한강으로 나가거나 카
페로 왔다. 아이들과 강아지를 동반한 손님도 많았다. 특
히 열대야가 기승을 부리는 날이면 더위에 잠을 이루지

못한 사람들로 카페는 문전성시를 이뤘다.

폭염이 극성을 부리는 날의 영업 시간은 얼음이 동날 때까지였다. 카페 안에서는 에어컨이 잘 드는 자리에 앉겠다고 손님들끼리 으르렁대기도 했다. 다투는 손님들 때문에 서큘레이터를 들여놓았다. 텔레비전을 보고 싶다는 손님들의 성화에 카페 벽면에 빔 프로젝터로 드라마나 예능 프로그램을 틀어뒀다. 사람들은 카페에서 마을의 대소사를 의논하며 수박을 나누어 먹기도 했다. 어떤 손님은 나를 불러서 신세 한탄을 길게 늘어놓기도 하고, 누군가는 의자를 붙여 카페에서 눈을 붙이다가 집으로 돌아가기도 했다. 혼자 카페를 운영하다 보니 진상을 부리는 손님들이 있어도 잘 대처하지 못하는 경우가 많았다.

열대야가 절정에 달한 어느 밤, 클래식 영화에서나 보았을 법한 어르신이 카페로 들어섰다. 뒤로 말끔하게 넘긴 머리카락, 풀을 먹인 빳빳한 모시 셔츠, 감색 바지와 단정한 구두에서 위엄이 느껴졌다. 의자에 발을 올린 채 드라마를 시청하던 손님들이 눈치를 보며 슬금슬금 발을 내렸다. 음료를 주문한 그는 꼿꼿한 자세로 의자에 앉았다.

카페는 피난민 대피소처럼 소란스러웠다. 아이들은 소파에 누워 게임을 하고 강아지들은 카페 이곳저곳을 돌아다니며 카페 비품을 물어뜯거나 서로 장난을 쳤다. 어른들은 드라마에 빠져 아이들이나 강아지들을 제대로 돌보지 않았고, 그 아수라장 가운데서 나는 어르신이 주문한 청귤청 음료를 내갔다. 어르신은 그 모든 소란의 가운데에서 아무렇지 않은 듯 사색에 잠겨 기다란 손가락으로 유리잔을 들고 음료를 마셨다.

　동네에서 거들먹대던 아저씨들이 카페에 들어오려다 어르신의 모습을 보고 발길을 돌렸다. 카페에서 진을 치던 가족 손님들도 드라마가 끝나자 슬그머니 자리에서 일어났다. 시끄러운 손님들이 모두 떠나고 어르신의 분위기에 맞춰 차분한 손님들만 남자, 카페는 오랜만에 밤의 조용함을 되찾았다. 나도 오랜만에 소란스러운 손님들의 방해를 받지 않고 차분하게 마감할 수 있었다. 마감 시간이 가까워지자 어르신은 자리에서 일어나서 가볍게 목례를 하고는 카페를 떠났다. 카페 문을 열고 나서는 어르신의 뒷모습을 보며 속으로 조용히 감사 인사를 드렸다.

귀신들의 땅, 보광동

자전거를 타고 출근하는데 카페 테라스에 사람 한 명이 누워 있는 게 보였다. 우사단 골목길은 거미줄처럼 엉켜 있어서 종종 술 취한 사람들은 자기 집을 찾아가지 못했다. 미로 같은 골목을 헤매다가 몸을 누일 편한 곳이 있으면 거기서 잠들어버리는 식이었다. 대부분은 깨워서 집으로 돌려보내면 그만이었지만, 개중에는 조금 거친 사람들도 있어 경찰을 불렀던 적도 있었다. 나는 바짝 긴장한 채로 테라스에 누운 남자를 깨웠다. 다행히 숙취에 시달리는 듯 혼자 몇 마디 중얼거리더니 집으로 돌아가버렸다.

다음 날 밤에는 근처 편의점에서 술을 마시다 비틀거리

며 걷던 취객이 카페 테라스에 풀썩 주저앉더니, 그대로 드르렁 코를 골았다. 나는 테라스로 나가 취객을 깨워 집이 어디냐고 물었다. 술 취한 그는 나를 보고 욕지거리를 몇 번 하더니, 다시 비틀대는 걸음으로 골목길로 사라졌다. 다행스러운 한숨을 내쉬는 나에게 지나는 길에 폐지를 줍던 할머니가 말을 건넸다.

"귀신들의 땅에서 장사하느라 얼마나 힘드오?"

할머니의 말처럼 보광동 골목길에는 점집이 가득했다. 일월신녀, 천상부인, 선녀보살, 용궁선녀, 천상도령, 천궁…… 온갖 종류의 신 이름을 가진 점집 간판이 골목길을 장식하고 있었다. 귀신들의 땅이라고 부르는 연유를 묻자, 할머니는 보광동이 조선 시대부터 공동묘지 터였다고 말했다. 무속인들이 유독 보광동에 끌리는 이유가 있는 것이다.

그러고 보니 카페에 찾아오는 사람들 중에서도 가위에 눌렸거나 귀신을 본 적이 있다고 말하는 사람들이 많았다. 할머니는 터가 워낙 세서 마을 사람들끼리 싸움도 잦고 사건 사고도 많다고 했다. 할머니는 보광동에서 장사

를 잘하려면 '귀신을 이길 수 있을 정도'로 기가 세야 한다
고 조언했다.

"그렇게 거친 사람들이 몰려드는 게 다 귀신들이 공동
묘지를 덮어버린 사람들을 원망해서 그래."

할머니는 그 말을 마지막으로 폐지 수레를 끌고 골목
저편으로 가버렸다. 적막에 잠긴 골목길에는 할머니의 낡
은 수레가 삐걱대는 소리만 들려왔다. 기괴한 밤이었다.
그날따라 골목길을 내달리는 배달 오토바이도 보이지 않
았다. 갑자기 어두운 골목길 구석에서 귀신이 나타나서

내 뒷덜미를 잡아채는 장면이 생생하게 그려졌다.

얼마 전 카페에 들러 보광동 폐가에 방문하기 위해 계획을 짜던 유튜버가 떠올랐다. 그들은 카메라 장비를 들고 퇴마사까지 불러 보광동의 유명한 폐가를 콘텐츠 삼아 방문할 계획을 세웠다. 그런데 이야기하는 모양새가 심상치 않았고, 귀신이 출몰할 때를 진심으로 대비하고 있는 것 같았다.

갑자기 오소소 소름이 돋았다. 정말 이 동네에 귀신이 있는 건 아닐까? 폐가를 방문한다던 용감한 유튜버는 무사히 돌아갔을까? 지레 겁이 나 영상을 검색해볼 용기조차 나지 않았다. 카페를 마감하고 늦은 밤에 혼자 자전거 도로를 달려 집으로 돌아갈 자신이 없어졌다. 겁에 질린 나는 택시를 불러 자전거를 접어 트렁크에 밀어 넣고 뒷좌석에 몸을 잔뜩 오그린 채 집으로 돌아왔다.

며칠 동안 할머니의 '귀신들의 땅' 이야기로 꿈자리가 뒤숭숭했다. 손님 없는 밤에 텅 빈 카페를 혼자 지키는 것도 무서워졌다. 개업 초기, 카페 터에 무서운 할머니 귀신이 살고 있다고 말하던 무속인 손님이 생각났다. 그때는 돈을 벌려는 수작인 줄 알았는데, 할머니의 말을 듣고 나니 거짓말 같지 않았다. 우사단 언덕에 귀신이 앉아서 울거나 골목길을 돌아다니는 걸 봤다는 단골손님들의 말도 떠올랐다. 할머니가 말한 공동묘지 이야기의 진실을 확인하고 싶었다.

귀신보다 무서운 것

이른 아침부터 따가운 햇볕이 내리쬐는 날이었다. 땅에서도 열기가 피어올라 골목길에 지나는 사람이 드물었다. 카페 창문 블라인드를 내리고 에어컨 온도를 낮췄다. 오전에는 유흥업소에서 일하는 사람들이 휴가철을 맞아 카페로 찾아왔고, 오후에는 지난번에 오신 위엄 있는 어르신이 오셨다. 핸드드립 커피를 준비하며 곁눈질로 어르신을 살폈다. 보광동에 오랫동안 사신 것 같은 분위기였다. 게다가 어쩐지 어르신이라면 옛날이야기를 차분하게 들려주실 것 같았다. 나는 커피를 테이블에 올려놓으면서 언제부터 보광동에 사셨는지 조심스럽게 물었다. 무뚝뚝

해 보이는 입술에서 단단한 목소리가 흘러나왔다.

"전쟁 끝나고 공동묘지 시절부터 살았으니 60년은 됐지."

그는 전쟁 후에 보광동으로 이사 왔다고 했다. 공동묘
지 이야기에 마음이 동하여 그 시절 이야기를 더 자세히
들려주실 수 없느냐고 정중하게 여쭤보았다. 어르신은 커
피를 한 모금 마시더니 천천히 이야기를 풀었다.

그 시절 우사단 언덕에는 무덤의 봉분이 촘촘하게 도드
라져 있었다고 한다. 그는 윗옷에서 볼펜을 꺼내서 낙서하
듯 냅킨에 그림을 그리기 시작했다. 냅킨에 우사단 언덕을
동그랗게 그리더니 군데군데 솟아오른 봉분을 표시했다.
이태원동, 한남동, 보광동에 걸친 공동묘지는 조선 시대부
터 성 밖에 사는 가난한 사람들이 묻히던 곳이었다.

1950년대 후반 서울시는 공동묘지로 쓰이던 이곳을 피
난민과 철거민을 위한 택지로 조성했다. 공동묘지는 그때
다른 곳으로 이전되었다. 서울시는 보광동 공동묘지를 이
장하고 그 땅을 피난민에게 분할한다는 공고를 냈다. 공
고를 본 피난민들은 묘지를 다 옮기기도 전에 서부개척시
대의 개척자처럼 공동묘지 땅을 차지하려고 벌떼같이 몰

려들었다. 피난민들은 봉분 주위에 새끼줄을 둘러 자기 땅임을 표시했다. 묘지 땅을 조금이라도 더 많이 차지하려고 몸싸움도 자주 일어났다.

"봉분 위에다가 평상을 만들고 그 위에 천막을 치고 살았어. 아래는 죽은 사람이 위에는 산 사람이 누워 잤으니, 이승인지 저승인지도 모르고 산 셈이지. 그때는 정말 눈 뜨고 보지 못할 추한 일도 많았어. 말로 다 표현 못 해."

그는 미군 부대에서 버린 탄약상자를 뜯어서 무덤 위에 평상을 만들고, 미군이 버린 낙하산을 가져다 작대기에 꽂아서 천막을 쳤다. 공동묘지에 세운 천막집은 그에게 피난을 내려온 지 8년 만에 처음 생긴 집이었다.

그는 전쟁 전에는 철원에 살았다고 한다. 전쟁 나기 전해에 철원국민학교에서 전교 1등을 할 정도로 똑똑한 수재였고 집안도 유복했다. 그런데 전쟁이 발발하자 만 16살 이상인 남자들은 모두 인민군으로 징병되었고, 나이가 어렸던 그는 외가 가족들과 함께 마을에 남았다.

그런데 유엔군이 철원까지 올라오면서 지역 주민들을 안전한 후방으로 이주시키는 소개疏開 작전을 전개했다.

그는 가족과 함께 강제로 미군 트럭 제무시GMC에 실려서 의정부로 보내졌고, 의정부역에서 기차에 태워져 광주 피난민 수용소로 향했다. 광주 피난민 수용소에서 인파에 떠밀려 어머니와 가족을 잃어버렸고, 이후 그는 전주 피난민 수용소로 강제로 옮겨진 뒤에 혼자가 되었다. 그러다가 피난민을 위한 택지를 조성한다는 소식을 보고 보광동 공동묘지로 오게 된 것이다.

그가 천막에서 살던 1959년 여름, 우사단 산자락에서 울음소리가 들렸다고 한다. 어떤 사람이 가마니로 감싼 시신을 옮겨와서 구덩이에 묻고 있었다. 피난민들은 상주에게 공동묘지가 곧 없어질 거라고 말했지만, 상주는 그 말에 그저 슬피 울기만 했다. 그는 다른 묘지를 찾을 여유가 없었던 것이다. 삽 한 자루로 겨우 구덩이를 판 상주는 가마니에 감싼 시신을 묻고 봉분을 올렸다. 그러고는 대성통곡을 하며 절을 올리고는 고개를 숙인 채 그곳을 떠났다.

며칠 후, 누군가 뗏장도 치워지지 않은 그 봉분 주변에 새끼줄을 치고 자기 땅이라고 표시했다. 먼저 자리 잡은 사람들은 묘를 쓴 지 얼마 되지 않은 곳이라며 다른 장소를 권했다. 그러나 이미 새끼줄을 친 그는 그 말을 무시하고 봉분을 헤쳐 시신을 파내었다. 썩지도 않는 시신은 새끼줄로 두 다리가 묶인 채로 그렇게 다른 곳에 버려졌다. 산 사람이 살겠다고 죽은 사람을 다시 죽이는 잔혹한 일은 보광동 공동묘지 곳곳에서 벌어졌다.

"공동묘지에 귀신은 없었어요?"

나는 할머니를 만난 밤에 느꼈던 무서움을 되새기며 조금 생뚱맞은 물음을 던졌다. 말하고 나서 너무 철없는 질문이라는 생각이 들어 조금 후회했지만, 죽은 자들이 안식하는 공간에 침범한 사람들은 해를 입게 된다는 어른들의 이야기를 자주 듣기도 했다. 귀신이 아니더라도 죽은 자의 무덤을 파헤쳐 시신을 내다버리고 그 위에 집을 짓고 사는 사람들이 편안하게 살 수는 없었을 것 같았다.

"귀신보다 더 무서운 게 사람이야. 산 사람이 무섭게 달려들면 죽은 놈은 어차피 꼼짝 못 해. 먹을 것도 없고 배고프면 눈에 보이는 게 없어. 절박하면 귀신도 안 무섭지. 배가 불러야 귀신도 무서운 거야."

마당에서 나온 검은 관

그는 공동묘지 위의 천막에 살 때 한동안은 시체 썩는 역한 냄새로 숨조차 제대로 쉴 수 없었다고 한다. 분묘 개장 공고가 붙은 이후 얼마 되지 않아 시청에서 고용한 인부들이 나타났다. 그들은 봉분을 파헤치고 유골을 꺼내서 나무 관에 담았다. 트럭은 매일같이 짐칸에 겹겹이 관을 높게 쌓아 올리고 화장터를 빠져나갔다. 인부들이 이장을 시작한 지 일 년이 넘도록 유골은 계속 나왔다. 비석이 있는 무덤은 가족이 나서서 이장했지만 비석을 세우지 못한 탓에 무덤 위치를 잃어버린 가족도 부지기수였다. 새끼줄을 치고 땅주인임으로 주장하는 사람들은 유골이 파헤쳐

지면 그 자리를 메꾸고 미군 부대에서 얻어온 나무 상자를 뜯어서 판잣집을 올렸다. 우사단 언덕에는 그렇게 올린 판잣집이 하나둘 늘어갔다.

분묘 개장 공고 기간 동안 공동묘지에 묻힌 형님을 찾아 헤맨 동생이 있었다. 한국전쟁 때 용산 폭격으로 집이 무너지면서 죽은 형이라고 했다. 동생은 형의 시신을 수습하여 미제 군용 담요로 싸고 우사단 산자락에 급히 묻고는 피난길에 올랐다. 깊은 밤에 급히 만든 무덤은 그 위치를 찾기 어려웠다. 동생은 미제 군용 담요에 쌓인 시신만을 찾아 헤맸다. 무덤을 파헤칠 때마다 미제 군용 담요가 나오는지 확인했다. 하지만 형의 시신은 끝내 찾지 못했다. 동생은 형 시신 대신 우사단의 흙을 담아서 선산에 묻었다.

우사단 공동묘지는 조선 시대부터 시신을 묻은 곳이라서 끊임없이 유골이 쏟아졌다. 유골을 파다가 지친 인부들은 결국 봉분만 밀어버리고 그 위에 집터를 조성해버리곤 했다.

"내가 지금도 살고 있는 집도 봉분을 허물고 지은 집이었어. 허문 봉분 아래 관을 열었는데, 그 안에서 황금색으로 반짝이는 유골이 나왔어. 그런 신기한 일도 있었어."

그의 이야기를 듣고 있던 동네 사람들이 하나둘 이야기를 보태기 시작했다. 우사단에서 치킨 장사를 하는 아주머니는 정화조 공사를 하다가 마당에서 대퇴골이 나왔다고 했다. 아주머니네 마당만이 아니라 이웃집에서도 마당 공사를 하다가 검게 퇴색된 관이 나왔다. 보광교회 권사님도 40여 년 전에 교회 신축 공사를 하다가 관 하나가 나왔다고 했다. 그 속에는 긴 머리카락을 가진 시신이 미라처럼 누워 있었다. 교회에서는 그 시신을 정중하게 모시고 다른 장소에 다시 매장했다. 신문을 읽던 철물점 아저씨도 덩달아 말을 얹었다. 친구네 마당에서 두개골이 나왔는데 친구가 쓰레기차에 버렸다는 것이다. 그러고는 그 친구가 얼마 후에 갑작스러운 사고로 죽었다는 말을 조심스럽게 덧붙였다.

마을에서 발견된 유골을 훼손하지 않고 정중하게 처리해서 복 받은 사람의 이야기도 전설처럼 구전되고 있었다. 1980년 초반, 어느 적산가옥을 해체하는 과정에서 유골이 나왔다. 건축주는 유골을 수습하고 화장해서 사찰에 맡겼다. 정중하게 예를 마치고 나서야 공사를 재개했다. 그 일이 있고 얼마 뒤, 적산가옥 터에서는 건물 기초 공사 도중에 일본군 금괴가 발견되었다. 임자를 알 수 없는 금 괴는 자연스럽게 적산가옥 주인의 소유가 되었다. 그렇게 부자가 된 주인은 건물을 더 높게 올렸다고 한다.

마을 사람들은 그 건물을 보금당寶金堂이라고 불렀다. 그 일 이후로 마을 공사장에서 유골이 나오면 사람들은 공사를 잠시 중단하고, 흩어진 뼛조각을 모마 한지에 싸 서 한강변 느티나무 아래에 있는 성황당에 맡겼다. 보광 동 사람들은 이구동성으로 한남뉴타운 공사가 시작되면 지금까지 수습하지 못했던 유골이 쏟아져 나올 것이라고 했다. 재개발 과정에서 나온 유골들은 망자에 대한 예우 를 받을 수 있을지 아니면 분묘 개장 시절처럼 처참하게 내팽개쳐질지 걱정스러웠다.

공동묘지의 피난민들

정부는 분묘가 개방된 자리에 상이용사 주택을 건설했다. 벽체와 지붕만 덮어서 간신히 비바람을 피할 수 있을 정도의 허술한 집이었다. 전쟁으로 팔다리를 잃은 상이용사들은 갈고리 손으로 버스에서 행상을 하거나 구걸을 했다. 그들은 자포자기 심정으로 술에 취해 살았고 자주 사람들과 싸웠다. 의리를 내세운 상이용사들은 때로는 마을에서 싸움이 나면 갈고리 손으로 약한 자를 위해 싸워주기도 했다. 상이용사 주택에 살던 이들은 대부분 죽거나 나이가 들어서 요양원에 입소했다. 그들이 살던 보광동 장문로 일대의 상이용사 주택들은 지붕이 내려앉은 채 무너졌다.

어르신은 공동묘지 위에 천막을 치고 살던 무렵부터 호롱불을 밝혀 미군 기지 근처에서 주워온 양키 물건을 수리하고, 날이 밝으면 미군 기지 근처 담벼락에서 수리한 물건을 팔았다고 한다. 알고 보니 그는 옛날에 이태원 일대에서 유명한 미제 물건 도매상이었다. 마을 사람들은 그를 '양키 장사'라고 불렀다. 그는 남대문 시장에서 미군 고물을 팔아 제법 돈을 모았고, 그 돈으로 다시 PX 물건을 사서 되파는 사업을 했다. 양공주들과 좋은 관계를 유지하면서 안정적으로 PX 물건을 공급받았다. 그는 사업을 확장하여 서울 시내에서 미제 물건을 거래하는 소매상에게 물건을 공급하였다.

그는 먹고살기에 여념이 없었고 그저 하루하루를 최선을 다해 살았다. 피난민촌을 떠돌았던 그는 늘 살아남는 것이 가장 중요하다는 강박에 휩싸여 있었다. 그는 큰돈을 벌어보겠다는 욕심에 세관원과 결탁해 미제 물건을 몰래 수입하다가 몇 번 철창 신세를 지기도 했다.

그러나 수완이 좋았던 그와는 달리 공동묘지에 사는 피

난민들은 공사장에서 막일을 하거나 넝마주이가 되었다. 미군이 버린 담배꽁초를 주워 모아서 연초를 재활용해서 담배를 다시 말기도 했다. 해방촌과 보광동에서 피난민들이 마는 담배는 전매청이 판매하는 담배보다 맛이 좋기로 소문이 났다.

"밤에 봉분 위에 올린 천막에서 잠을 자다가 밖으로 나가보면 봉분 위에서 불이 깜빡이는 것이 보였어. 혹시나 도깨비불인가 해서 깜짝 놀라 살펴보면 사람들이 봉분 위에 앉아서 담배를 피는 거였어. 그때는 다들 막노동으로 하루하루 힘들게 살던 시절이었지."

그는 이야기를 멈추고 한숨을 내쉬었다. 담배를 한 대 피고 오겠다며 잠시 테라스로 나갔다. 주머니에서 담배를 주섬주섬 꺼내 피우는 그의 뒷모습은 위엄보다는 쓸쓸함과 고단함이 느껴졌다. 길게 담배 연기를 늘어뜨리다 천천히 자리로 돌아온 그는 다시 이야기를 시작했다.

그는 전쟁으로 철원을 떠나 혼자가 되고 나서는 눈물 흘릴 여유조차 없었다고 했다. 하루하루 살기 바빠서 울고 슬퍼할 정신도 없었다. 그러나 나이가 들면서 전쟁으로 인한 트라우마가 되살아났다. 잠자리에 들 때마다 전투기를 피해 다녀야 했던 피난민 생활과 피난민 수용소에서 전염병으로 죽은 조카의 얼굴이 떠올랐다. 오히려 삶에 여유가 생기자 악몽에 시달려 잠들지 못하는 날들이 이어졌다. 정신과에 다니며 수면제를 처방받아 겨우겨우 잠을 이뤘다.

"텔레비전에서 보니 필리핀 마닐라 사람들이 공동묘지에 텐트를 치고 살더라고. 개천에서 목욕하고, 빨래하고, 밥해 먹고 사는 모습을 보다가 텔레비전을 꺼버렸어. 그게 바로 우리 모습이었어. 우리가 오죽 갈 곳이 없었으면 망자들이 묻혀 있는 공동묘지로 들어가서 살았겠어. 죽은 사람의 무덤을 파헤쳐 시체를 내다버리면서 가면서까지."

그는 한숨을 내쉬며 말을 이었다. 공동묘지에 피난민들이 막 모여들었을 때, 갑자기 늘어난 사람들 때문에 물이 부족해졌다고 한다. 피난민들과 동네 사람들 사이에 싸움이 벌어졌고, 공동묘지 아래에 살던 보광동 토박이들은 우물 뚜껑을 덮고 열쇠로 봉해버렸다. 식수를 구하지 못한 피난민들은 한강 물을 길어다 먹었고, 더러운 물 때문에 갖가지 병으로 고생하기 시작했다. 이질에 걸려 죽는 아이들도 있었다. 사람들은 수맥을 찾기 위해 필사적으로 공동묘지 주변을 헤맸고, 지난한 노력 끝에 물줄기를 발견하고 우물을 파서 식수 문제를 해결했다. 그러나 그때까지 많은 사람들이 병들고 심지어는 목숨을 잃기도 했다.

"나는 이제 살날이 얼마 안 남았어. 고향에서 살았던 시간보다 몇 배나 긴 시간을 보광동에서 살았지. 이북 고향에 탯줄을 묻었지만 보광동에 내 인생을 묻은 거야. 평생 돌아가지 못할 테니 육신도 이곳에 묻히겠지."

그는 사실 지독한 우울증에 빠져 있었지만 내성적인 성격이라 투덜이 스머프처럼 짜증을 내진 않았던 것이다. 홀로 카페로 나와 음악을 듣거나 창밖을 바라보면서 생각에 잠겨 마음을 달랬다. 그런데 한남뉴타운 개발 승인이 나면서 보광동을 떠나야 하는 처지가 되자 그의 우울은 더 깊어졌다. 인생을 묻은 곳에서 떠나 또 다른 곳에 정착해야 한다는 생각을 하면 가슴이 답답하고 서러워졌다. 보광동에서 나고 자란 투덜이 스머프에게는 이야기를 나눌 배꼽친구들이 있었지만 그는 혼자였다.

알고 보니 동네 곳곳에는 그와 비슷한 이북 출신들이 외롭게 고통을 삭이고 있었다. 이북 출신들은 대부분 마을에서 숨죽여 살며 타인과 교류하지 않았다. 북에서 내려와 반공주의를 내세우는 남한에 자리 잡고 살기 위한 일종의 생존 방법이었다. 그들은 자신의 출신 성분을 숨기는 데 익숙해 자신의 이야기를 쉽사리 하지 않았다.

그는 우사단 언덕에서 담배 가게를 하는 할아버지도 북쪽 출신이라고 했다. 인민군으로 참전했다가 포로가 되어서 거제포로수용소에 수감되었는데, 이후 국군으로 다시 입대했다가 제대하여 우사단 언덕에 자리를 잡았다고 한다. 그 후로 우사단에서 60년을 넘게 살았지만 친하게 지내는 사람이 없었다고 한다. 그의 말을 들은 후로 담배 가게 할아버지가 홀로 지팡이를 짚고 가는 뒷모습이 너무나 쓸쓸해 보였다.

"다 늙은 마당에 아직 고향이 생각이 나. 아무리 그리워해도 다 부질없는 짓이지. 그 양반도 비슷한 마음일 거야."

어르신은 창밖을 바라보며 말했다. 그가 피난을 왔을 시절, 아직 우리나라의 철로는 남한과 북한을 오갈 수 있었다. 서울 시내 중고등학교 학생들은 경원선 기차를 타고 금강산으로 수학여행을 다녀오곤 했을 것이다. 그러나 전쟁은 모든 것을 한순간에 바꾸었다. 경원선 기차가 멈추던 철원역은 폭격을 맞아 잿더미가 되었다.

그의 고향 철원군 흥원리는 휴전선에 막혀 이제 아무도 갈 수 없는 곳이 되어버렸다. 그는 나이가 들어 종종 철원 평화전망대를 찾았다. 쌍안경으로 휴전선 한복판에 갇힌 고향을, 이제는 사람이 살지 않아 풀만 무성한 고향을 먼 발치에서 한참을 바라보다 돌아온다고 했다.

"옛날 생각을 하니 가슴이 아프네. 다음에 보세."

어르신은 느릿하게 자리에서 일어나 카페에서 나갔다. 따가운 햇빛이 그의 정수리에 내려앉았고, 그의 뒷모습은 마치 바싹 마른 낙엽처럼 작았다. 나는 그에게 옛날이야기를 들려 달라고 말한 것을 조금 후회했다. 나의 가벼운 호기심으로 무거운 상처를 들춰낸 기분이 들어 부끄러웠다.

가난한 마을 이름은 부끄럽다

한남뉴타운 3구역 개발 사업이 뉴스로 오르내리면서 카페 맞은편에 있던 칼국수 집도 문을 닫았다. 이미 2000년 처음으로 재개발 조합이 설립되면서 부동산 가격이 폭등하기 시작했다. 보광동 근처 땅값이 연일 최고치를 갱신하고 있다는 뉴스가 나오자 자식들은 부모를 졸라서 끝내 집을 팔게 했다. 땅값이 최고가를 갱신하기 전에 집을 판 사람들은 뒷목을 잡는 상황이 벌어졌다. 마을에서는 자식에게 아파트 사주고 빈털터리가 되어서 힘들게 사는 노인들이 생겨났다. 노인들은 아직 개발이 확정되지 않은 구역의 낡은 집에서 월세를 살면서 가파른 언덕길을 오르락

내리락 하며 폐지를 줍거나 노인 일자리 사업의 일환으로 골목길 청소를 했다.

한편 마을 사람들은 '널리 두루 빛나는 마을'을 뜻하는 보광동이라는 이름이 사라진다는 사실에 분개했다. 10여 년 전 보광동 아랫마을이 뉴타운 사업으로 먼저 재개발됐다. '현대홈타운'과 '하이페리온' 등 으리으리한 아파트가 들어서면서 '보광동'이라는 지명을 버리고 '한남동'으로 이름을 바꾸었다. '한남동'으로 이름을 바꾸면서 건설회사는 한강이 내려다보이는 '명품 아파트'로 홍보하였다. 보광동 지도 안에서 아파트가 있는 곳만 이가 빠진 것처럼 '한남동'으로 표시되었다.

재개발 조합에서도 이번 재개발 사업에서 '보광동'이라는 지명을 빼고 '한남뉴타운 3구역' 개발 사업이라고 이름을 바꿨다. 보광동에 들어설 아파트도 '보광' 대신 '한남'이라는 이름으로 분양된다. 한때 '보광'이라는 이름은 서울 달동네의 상징이었고 가난의 대명사였다. 공동묘지가 있다가 파헤쳐진 곳, 가난한 피난민이 전국 팔도에서 몰려든 곳, 미군을 상대하던 양공주들이 살던 곳이었다. 그

역사를 잊는 것도 모자라 이제는 이름까지 창피하다며 바꿔버리려는 것이다. 마을 사람들은 삶의 터전을 빼앗기는 것만큼이나 그들이 아꼈던 '보광'이라는 이름을 잃는 것에 분개했지만 손 쓸 도리가 없었다. 보광동 언니와 투덜이 스머프가 조상 대대로 살았던 '널리 두루 빛나는' 마을은 재개발에 집어삼켜져 지도에서 사라질 것이다.

도깨비시장

한국전쟁 이후, 보광동은 서울에서 임대료가 싼 곳으로 알려지면서 가난한 사람들이 이사 오기 시작했다. 그중에는 보따리만 들고 보광동으로 온 사람도 있었다. 사람이 지나가기에도 좁은 골목은 아이들이 멸치 떼처럼 몰려다녔다. 초등학교는 이사 온 학생들로 미어터졌다. 더러는 잡도둑도 있어서 빨랫줄에 널린 빨래가 사라지거나 마당에 널어둔 고추가 없어지는 일도 있었지만, 대부분 이웃과 벗하며 사이좋게 지냈다.

팔도에서 모여든 사람들은 보광동과 한남동의 경계인 우사단 언덕에 시장을 만들었다. 남대문이나 동대문에서

열리는 전통적인 시장이 아니라 오후에만 잠깐 열리는 시
장이었다. 사람들이 도깨비불처럼 몰려들었다가 금세 사
라진다고 해서 '도깨비시장'이라고 불렀다.* 도깨비시장에
서는 서울말뿐 아니라 경상도·전라도·충청도·강원도·이
북 사투리가 통용되었다. 건강한 몸 하나만 믿고 몰려든
사람들은 시장에서 노점을 하거나 물건을 나르면서 생계
를 이어나갔다. 시장 상인이나 손님들 모두 가난한 외지
사람들이었지만 다들 보광동을 고향 마을처럼 여기며 서
로 따뜻한 정을 나누며 살아가고 있었다.

그런데 보광동 아랫마을에 대형마트가 들어서자 도깨
비 시장은 서서히 사그라져갔다. 그렇게 역사 속에나 남
을 뻔했던 도깨비시장은 젊은 예술가들과 청년 상인들이
몰려들어 공방을 내고 '우사단단'이라는 계단 장터를 기
획하여 되살아났다. 사람들은 오래된 가게들과 개성적인
공방들이 어우러져 있는 도깨비시장에 매료되었다. 하지
만 기쁨도 잠시, 도깨비시장이 활력을 되찾자 건물주들은

---

* 도깨비시장은 한남동과 보광동을 가르는 경계선인 '우사단 10길'에 있다.

임대료를 폭등시켰고, 다시 도깨비시장은 잠잠해지고 말
았다.

후커힐에서 오랫동안 식당을 했던 송정리 언니도 처음
에는 도깨비시장에서 장사를 했다. 매일 새벽같이 일어나
애를 업은 채 보광동에서 두 시간을 걸어 용산 청과물 시
장에 들러 채소를 샀다. 보따리에 채소를 싸서 머리에 이
고 다시 우사단 가파른 언덕을 올라 도깨비시장에서 팔았
다. 가난하고 사정이 딱한 사람이 많아 외상을 주다가 외
상값을 받지 못하는 일도 수두룩했다. 그렇게 송정리 언

니는 악착같이 돈을 모아 후커일 초입에 식탁 3개짜리 작은 식당을 열었고, 전라도에서 올라온 언니의 음식 솜씨 덕분에 양공주들 사이에서 금세 유명해졌던 것이다. 그렇게 20여 년을 식당만 해오던 언니는 1980년 이태원 관광 특구에서 일본인 관광객을 겨냥한 가죽 공방을 열어 다시 큰 성공을 이뤘다.

그러나 가난한 이들에게 너른 품을 내어주고 송정리 언니처럼 악착같이 노력한 사람들에게 성공을 안겨주었던 도깨비시장과 보광동 마을은 머지않아 재개발로 사라질 운명에 처했다. 회령 언니는 재개발 소식이 들려올 때마다 착잡한 심경을 드러냈다.

"피난 내려와서 둥지를 틀고 산 보광동이 이제는 내 고향인데, 이 나이에 어디 가라고."

섭섭함과 아쉬움에 회령 언니의 눈시울이 촉촉해졌다. 언니는 한국전쟁에 참전한 약혼자를 10여 년 기다리다가 결국 다른 사람과 결혼했다. 서울 여러 곳을 떠돌다가 보광동에서 정착하고 아이들을 키웠다. 보광동 이웃들의 위로 덕분에 마음이 맞지 않았던 바깥양반하고도 살 수 있었다. 언니는 도깨비시장에서 포목점을 운영하며 살림을 꾸렸다. 비록 북쪽에 있는 고향은 돌아갈 수 없어도 이웃들과 함께 먹고 놀고 마시면서 청춘을 보내고 함께 늙어갔다.

언니는 말없이 커피를 홀짝이며 '임대중'이라는 빨간 종이가 붙은 칼국수집을 바라보았다. 언니의 남쪽 고향이 하루하루 허물어져가고 있었다. 언니가 운영하던 포목점 터도 언젠가 흔적도 없이 사라지고 거대한 아파트가 들어설 것이다. 언니는 골목길을 바라보며 말없이 한참을 앉아 있었다.

글로벌 마을 공동체

카페에서는 정기적으로 보광동 사람들을 위한 나눔 행사가 열리는데, 어느 날 외국인 소년 한 명이 조심스럽게 카페 문을 열고 찾아왔다. 어린이책을 신중하게 고르더니 이웃집에 사는 한국말을 배우는 중국에서 온 누나에게 선물하기 좋은 소설책을 골라 달라고 쭈뼛쭈뼛 부탁했다. 나는 쉽고 재밌게 읽을 만한 소설책을 두세 권 골라 건넸고, 소년은 배꼽인사를 하더니 활짝 웃으며 우사단 언덕길로 달려갔다.

그 후로 소년은 카페에 자주 놀러와 단골들의 도움으로 한국어를 배우고 학교 숙제를 했다. 소년의 이름은 미르, 아프가니스탄에서 왔다고 한다. 아프가니스탄에 살던 당시 미르네 가족은 삼촌이 미군에 탈레반 조직원의 도주로를 알려줬다는 이유로 탈레반의 표적이 됐다. 생명의 위협이 계속되자 아프가니스탄을 떠나 도망쳤고, 미르네 가족처럼 아프가니스탄을 떠난 사람이 400만 명이 넘었다고 한다. 미르네는 한국에 인연이 닿아 난민 신청을 했지만 기각당했고, 대신 인도적 체류 허가를 받았다. 생명과 신체의 자유를 침해받는 상황에 있는 사람에게 주어지는 임시 체류 허가였다. 1년 단위로 갱신해야 하는 체류 자격 때문에 미르네는 매년 연장 시기만 되면 극도로 불안해하며 지냈다.

가난했던 미르네는 보광동에 자리를 잡았다. 이슬람 사원이 있는 보광동에는 이미 아프리카 식당, 할랄 식당, 세계 각국의 식료품 가게와 옷 가게가 늘어서 있었기 때문이었다. 고향 음식을 쉽게 만날 수 있고 때로는 같은 국적의 친구도 사귈 수 있는 보광동은 나라도 환대하지 않은 미르네를 반겨주었다. 미르네는 다른 무슬림 난민 신청자들과 공동체를 꾸리며 살아가고 있었다. 무슬림 공동체 아이들은 집에 부모님이 안 계실 때 자연스럽게 다른 집

을 찾아가 저녁을 먹고 부모님을 기다렸다. 서로를 챙겨
주는 것이 당연한, 가족이나 다름없는 공동체였다.

무슬림 단골손님들은 종종 공과금 고지서나 은행 서류
등 어려운 글을 읽어달라며 찾아왔다. 한국어가 어려워
처리하기 힘든 일이 있으면 나는 발 벗고 나서서 도와주
었고, 그들은 라마단 기간이 끝나면 로쿰이나 대추야자를
가져다주는 다정한 이웃이었다. 친절한 무슬림 공동체는
다른 외국인 공동체와도 교류가 활발했다.

보광동에는 무슬림뿐 아니라 레게머리를 한 인도 청

년, 판초를 입는 페루 아저씨, 터번을 쓰고 다니는 시크교도, 인형 같은 러시아 아가씨, 검푸른 피부의 가나 아저씨, 종교 갈등으로 도피해온 스리랑카 타밀 청년까지 다양한 국적을 가진 사람이 편안하게 어울렸다. 제주도에서 예멘 난민 수용 여부로 논쟁이 불거졌을 때, 무슬림을 비하하는 뉴스를 보며 보광동 외국인들은 서로의 안부를 묻고 함께 걱정하며 화를 냈다.

세계 곳곳에서 온 이웃들이 많다 보니 보광동 카페의 바자회나 모임에도 다양한 음식이 나왔다. 무슬림을 위한 햄 없는 김밥부터 각국 사람들의 식문화를 배려한 화려한 음식들이 가방에서 줄줄이 나왔다. 술자리에도 늘 술을 마시지 않은 이들을 위한 차나 대체 음료가 꼭 준비되어 있었다. 그들은 서로의 다름을 인지하고 자연스럽게 배려할 줄 알았다.

미르는 카페 의자에 앉아 게이힐에서 소문난 의상 디자이너인 이모와 사회 숙제를 하고 있었다. 이모는 숙제를 돕다가 땅이 꺼지도록 한숨을 쉬며 말했다.

"이번에 집주인이 계약 연장을 안 해준다네요. 이제 정

말 재개발이 오나 봐요. 우리처럼 차별받기 십상인 사람
은 어디서 살아야 할까요? 미르와 나는 어딜 가도 안전하
지 않을지도 모르는데."

　디자이너 이모는 클럽 댄서를 그만두고 무대 의상을 만
드는 디자이너 살아가고 있었다. 그녀는 보광동 이외의 마
을에서 살아볼 생각을 해본 적도 없었다. 미르는 슬픈 표정
으로 이모를 바라보며 "이모, 멀리 가?" 하고 물었고, 이모는
애써 웃으며 괜찮다고 미르의 등을 쓸어주었다. 그러나 얼
굴에 묻어나는 근심과 걱정을 완전히 숨길 수는 없었다.

청천벽력

한남뉴타운 개발 계획이 본격화되면서 마을에는 점점 사람이 사라졌다. 집을 팔고 이사를 가는 이들도 많았고, 오래 장사해온 가게들도 하나하나 문을 닫았다. 보광동은 죽음을 앞둔 환자처럼 생기를 잃어가고 있었다.

마을에서 가장 최근에 문을 연 내 카페도 마찬가지였다. 한남뉴타운 개발 속도가 늦어졌다며 걱정하지 말라던 부동산 사장님의 말과 달리 재개발 광풍은 턱밑까지 다가와 있었다. 재계약 날짜가 가까워진 나는 불안에 휩싸였다. 나는 건설 공사가 시작될 때까지, 마지막의 마지막까지 카페 문을 열고 싶었다. 하루라도 더 보광동 쉼터의 등대지기이고 싶었다.

추석이 지났음에도 한낮의 더위는 30도를 넘나들었다. 그 이상 기후 덕에 보광동 카페는 사람들로 붐볐다. 동네 주민들은 편안한 마음으로 카페를 드나들며 카페를 공동체 공간으로 활용하고 있었다. 캣맘들이 힘을 합쳐 바자회나 마을 음악회를 열어 길고양이를 돌보기 위한 물품을 마련했다. 젊은 사람들이 모여 독서 모임이나 작은 워크숍을 하기도 했고, 공시족들은 밤늦게까지 함께 공부하다 결국 맥주를 손에 들고 서로의 힘듦을 털어놓기도 했다. 나는 커피를 내리며, 때로는 술을 손에 들고 같이 자리에 앉아 그들의 이야기를 들어주었다.

카페에서 음료를 마시지 않아도 이웃들은 카페에 자주 들러주었다. 붕어빵을 사서 집에 가다가 안부를 물으며 하나 건네기도 하고, 장을 보고 돌아가다가 혼자 살면서 과일은 잘 챙겨 먹냐며 장바구니에서 과일을 꺼내주고 거절할 틈도 없이 가버렸다. 나에게 마을 뉴스를 전하거나 들으러 왔고, 가끔 사우나에 가면 마을 주민들이 나를 알아보고 시원한 음료수를 건네거나 등을 밀어주기도 했다. 몸이 아파 가게 문을 열지 못하면 그들은 조심스럽게 나의 안부를 물어주었다. 보광동 사람들은 나를 마을 가족으로 품어주었고, 매일 아침 골목길을 청소하고 커피를 만드는 소소하고 행복한 날이 계속되었다. 카페를 열며 마을 사랑방을 만들겠다는 꿈을 이룬 것이다.

미세먼지처럼 나를 괴롭히던 우울증도 어느새 사라졌다. 어두운 방에서 홀로 앉아서 탄식하던 날들은 기억 너머로 멀어졌다. 잠자리에 들 때마다 따뜻한 사람들과 하루를 보낸 것에 감사했다. 차가운 서울 한복판, 사람의 정이 살아 있는 따뜻한 동네에 살고 있다는 행복감을 느끼며 잠에 들었다.

따뜻한 사람들과 함께했던 행복한 시간은 화창한 가을날처럼 짧았다. 재개발 공사가 다가오자 건물주는 재계약을 하지 않겠다고, 수익이 더 높은 단기임대로 전환할 것이라고 통보했다. 청천벽력 같은 소식에 공사가 시작될때까지 영업하게 해달라고 사정해보았으나 매몰차게 거절당했다.

그러는 동안 가을이 깊었고, 폴리텍대학교에 흐드러진

은행나무가 황금빛 은행을 떨어뜨리기 시작했다. 보광동 카페가 문 닫기까지 한 달 반, 그동안 무엇을 어떻게 정리 해야 할지 마음이 무거워졌다.

이렇게 떠나서는 안 되는 거니까

재계약 기간이 한 달 남짓 남았을 때, 나는 결국 보광동을 말없이 떠나기로 했다. 날마다 카페에 들러 편안하게 시간을 보내는 마을 주민들에게 영업을 마치게 되었다는 말을 전할 자신이 없었다. 손님들이 바로 눈치채지 못하도록 인터넷으로 카페 물건을 하나씩 팔며 가게 정리를 시작했다. 지난 크리스마스에 장식한 크리스마스트리와 루돌프 사슴 등 인테리어 소품부터 팔고 컵, 기자재를 차례차례 처분했다. 카페 벽을 장식했던 박씨 아저씨의 흑백 사진들도 돌려줬다. 손님들은 물건이 하나둘 줄어드는 것을 의아해했지만 나는 가게를 리모델링할 예정이라고 둘러댔다.

물건을 정리하자 서서히 보광동을 떠난다는 실감이 났다. 그동안 함께했던 사람들과의 기억을 하나하나 곱씹게 되었다. 아침마다 첫 손님이 되어주겠다고 말하던 꽃언니들, 항상 와자하게 떠들며 기운을 주던 전국에서 모인 우리 언니들은 카페 대신 경로당에 모여 아침 드라마를 보며 웃고 떠들 것이다. 투덜이 스머프는 그의 짜증을 받아주는 내가 없어져 친구와 말다툼을 할지도 모르겠다. 기품 있는 철원 어르신의 모습도, 해장 커피를 마시며 나른하고 편안한 시간을 갖던 아가씨들도 다시는 보지 못할지도 모른다.

11월의 마지막 날, 카페 영업을 종료하고 중고 물건을 매입하는 트럭을 불러 남은 집기를 모두 처리하기로 했다. 그러고는 마을에서 바람나거나 돈을 떼먹은 사람처럼 말없이 야반도주를 해 보광동을 떠날 계획이었다.

그렇게 하루하루 떠날 준비를 하는데, 어느 날 출근하자 카페 문손잡이에 작은 종이봉투가 걸려 있었다. 그 안에는 장갑과 장미향 핸드크림과 장미 일러스트가 그려진 카드가 있었다. '항상 감사해요.' 아기자기한 글씨체로 그렇게 적혀 있었다. 이름은 없었지만 밤마다 가게에 들러 출근하는 아가씨들 중 한 명 같았다. 그녀가 손수 짠 듯한, 무늬가 조금 삐뚠 장갑을 껴보았다. 마음이 뭉클해지며, 이렇게 떠나서는 안 된다는 생각이 들었다. 힘들더라도 제대로 이별을 마주해야 했다.

카페를 닫는 기념으로 송별 이벤트를 준비하기로 했다. 어떤 이벤트가 좋을지 오래 고민했다. 카페에서의 이별 파티는 평소와 너무 비슷할 것 같았다. 매일 올려보던 남산 등산은 어떨까. 나이 든 언니들에게는 조금 무리가 아닐까 싶었다. 그러다 내가 하고 싶은 것, 즐거운 것을 생각하기보다 마을 사람들을 유심히 살펴보기로 했다. 폭격 트라우마로 비행기를 타지 못하는 어르신들, 먹고사느라 바빠 세상에 즐거운 것이 있다는 걸 뒤늦게 알게 된 언니들, 유흥업소에서 낮과 밤을 바꾸어 일하다가 휴일에는 멍하니 쉬기만 하는 아가씨들, 차별이 두려워 다른 곳에 정착할 수 있을지 고민하는 이주민들…… 그들은 보광동을 벗어나지 않았다. 보광동은 분명 따스하고 행복한 공동체였지만, 늘 그 밖으로 나가는 일을 어려워했던 것 같다. 그러자 마지막으로 하고 싶은 일이 분명해졌다.

보광동을 떠날 줄 모르는 마을 사람들과 이별 여행을 가보자, 멀리 떠나보지 못한 사람들과 생에 마지막일지도 모를 추억을 남겨보자.

회색빛 서울을 떠나 푸른 동해로 떠나고 싶었다. 보광동에서는 볼 수 없는 푸른 바다와 넓은 하늘을 마지막으로 선물해주고 싶었다. 당장 카페 손님들에게 이별 여행 계획과 날짜를 알렸다. 여행 날짜는 11월 11일, 내가 혼자 있기 쓸쓸해서라고 말했지만 사실 모두가 괜찮을 시간을 고민하고 또 고민한 결과였다.

꽃언니들과 보광동 언니, 평택, 송정, 춘천, 원주, 산청, 김포, 회령 곳곳에서 보광동으로 온 언니들, 투덜이 스머프와 양키스, 뮤지컬을 배우는 유학생, 트랜스젠더와 아가씨들, 기품 있는 어르신과 보광동 카페의 외국인 손님들…… 모두들 이별을 아쉬워하면서도 여행에 오겠다고 선뜻 말하지 못했다. 그럼에도 나는 관광버스를 예약하고 떡과 술과 안주를 넉넉히 준비했다. 내 계획이 무리한 것임을 알았지만, 관광버스 좌석이 텅 빈 채 남겨지더라도 포기하고 싶진 않았다.

이별 여행

골목길에 흩어진 황금빛 은행이 고약한 냄새를 피우는 아침이었다. 보광동 종점에는 45인승 관광버스가 도착해서 사람들을 기다렸다. 나는 시장에서 배달된 떡 상자와 안주, 막걸리, 소주 등을 혼자 버스에 실었다. 추운 날씨에도 땀이 삐질삐질 났다. 집합 시간이 가까워졌지만 사람들은 보이지 않았다. 나 혼자 관광버스를 타고 여행을 다녀오는 건 아닐까 가슴이 조여오기 시작했다. 조바심에 이곳저곳 전화를 걸어봤지만 연결되지 않았다. 버스 기사님은 걱정스러운 듯 내 표정을 살폈고, 나는 출근을 서두르는 인파 속에서 보광동 사람들을 열심히 찾았다.

그러다 결국 의자 등받이에 머리를 대고 눈을 감았다. 꼭 오겠다고 약속한 것도 아니고 내가 무턱대고 세운 계획이니 누굴 원망할 수도 없었다. 그러나 차오르는 서운함은 어쩔 수 없었다. 이대로 기사 아저씨와 단둘이 동해로 떠나야 할지, 짐칸에 맡겨둔 수많은 음식은 어떻게 처리해야 할지 생각만 해도 아찔했다. 제발 한 명이라도 왔으면 좋겠다는 마음을 담아 다시 창밖을 바라보는데 바람에 휘날리는 긴 머리가 눈에 띄었다.

늘 검은 마스크로 얼굴을 가리고 다니는 아가씨였다. 이렇게 환한 시간에 보는 건 처음이었다. 그녀가 올 줄은 정말 몰랐기에 나는 깜짝 놀랐다. 혹시 나 모르게 장갑을 선물했던 것도 그녀가 아닐까. 환하게 웃는 눈으로 빵 봉지를 내밀며 일을 마무리하는 게 조금 늦었다고 했다.

그녀가 오마자자 업소에서 막 퇴근한 듯한 아가씨들이 택시에 내려 언덕을 오르고 있었다. 편한 옷을 챙겨온 듯 불룩한 가방과 함께였다. 아침마다 커피를 마시고 허공을 바라보던 그녀들의 안쓰러운 얼굴에 생기가 돌고 있었다.

아가씨들이 버스에 탈 즈음 저 멀리서 경로당 회원들이

보였다. 보광동 언니가 인솔하여 경로당 회원들을 데려온 것이다. 특히 꽃언니 삼인방은 버스에 오르며 30분이나 늦었다며 유난히 미안해했다.

"아이고, 늦어서 미안하네. 할매들이 나서려면 시간이 필요해."

평택 언니, 송정리 언니, 파주 언니, 회령 언니, 양키스…… '죽을 때 다 돼서 여행 같은 걸 뭣하러 가' 하면서 질색을 하던 투덜이 스머프도 모습을 보였다. 박씨 아저씨는 여행에 맞는 산뜻한 운동화를 신고 나타났고, 미르와 미르의 이모도 버스에 올라타며 미르를 잘 챙겨줘서 고맙다는 인사를 건넸다. 카페 단골들 대부분이 와준 것 같았다.

"자. 이제 더 올 사람 없죠? 출발합니다."

나는 버스 마이크를 잡고 묻자 보광동답게 높고 낮은, 굵고 얇은 저마다의 목소리로 저마다의 대답을 들려줬다. 나는 웃으며 기사님께 출발해달라고 부탁했다. 서울의 도로는 아침부터 꽉꽉 막혀 벗어나는 데 한참이나 걸렸지만, 나는 기사님께 트로트 메들리를 틀어달라고 부탁해 어르신들과 함께 흥겹게 불렀고, 다른 이들도 열심히 호응해줬다. 아침으로 김밥을 나눠 먹은 사람들은 버스가 고속도로에 접어들자 대부분 잠들었다.

나는 종종 일어나 사람들의 모습을 살폈다. 아침마다 피곤한 얼굴로 카페에서 해장을 하던 아가씨는 오랜만의 휴일에 편안한 마음으로 바다를 보러갈 수 있겠다며 고마워했다. 꽃언니들 중 혼자 멀뚱멀뚱 눈을 뜨고 있던 예천 큰 꽃언니는 너무 오랜만에 보광동을 떠나 어색해서 잠이 오지 않는다고, 설렘이 역력한 표정으로 말했다.

버스가 출발한 지 2시간쯤 지났을 때 문자가 오기 시작했다. 다리가 너무 아파서, 아침에 일어나는 것이 힘들어서, 휴가를 쓰지 못해서 여행에 함께하지 못해 아쉽고 미안하다는 말들이었다. 그들의 다정한 마음씀씀이에 눈시울이 붉어졌다. 이별여행은 나의 고집이었을 뿐인데 이토록 진심으로 받아들여준 것이 고마웠다.

서울 양양 고속도로는 단풍철 행락객을 실은 관광버스 때문에 길이 막히기 시작했다. 강원도까지 최단거리로 뻗은 고속도로는 터널에서 터널로 끊임없이 이어졌다. 정체

된 터널 속은 차량이 내뿜는 소음과 불빛으로 채워졌다.

"우리 바다 보러 가는 것 맞지? 밖에 아무것도 안 보여."

아픈 몸을 이끌고 온 송정리 언니가 잠에서 깼는지 잠긴 목소리로 물었다. 정체 시간이 길어지면서 다른 할머니들도 답답함을 호소했다. 새로운 고속도로는 첩첩산중 강원도를 두 시간 반 만에 주파할 수 있다고 광고했지만 교통 정체가 심각했다.

줄줄이 늘어선 터널을 고통스럽게 통과하며 목적지에 도착하는 것이 할머니들에게 행복한 여행일까 고민이 들었다. 늦게 도착하더라도 차라리 푸른 물결이 흐르는 강과 단풍으로 물든 산을 보여주고 싶었다. 기사님에게 부탁해 인제 IC를 빠져나가 강물을 따라 천천히 이동하기로 했다. 나는 행여 버스가 심하게 덜컹거려 어르신들이 다치지 않을까 기사님에게 천천히 안전하게 가달라고 각별히 부탁했다. 노랑, 빨강, 주황 단풍잎들이 흐드러진 하추리를 지나 한계령에 올라서자 차 안의 사람들은 모두 잠에서 깨어 감탄사를 연발했다. 그 소리는 나를 뿌듯하게 했다.

버스는 기암괴석에 둘러싸인 한계령 휴게소에서 잠시 멈추었다. 나는 보온병에 담아 온 커피를, 미르와 미르 이모가 나서서 빵을 나누어주었다. 아가씨들은 휴게소 음식을 잔뜩 사왔고, 우리는 넓게 펼쳐진 하늘과 겹겹이 놓인 산을 바라보며 함께 점심을 먹었다. 보광동에서 벗어나지 않았던 그들에게 허락된 공간은 한강 건너로 보이는 아파트촌과 등뒤로 보이는 남산타워가 전부였다. 오랜만에 보는 탁 트인 광경에 압도당한 듯 사람들은 말없이 음식을 먹었다.

짧은 휴식을 가진 우리는 다시 버스에 올랐고, 버스는 고래가 뛰어논다는 동해 바다로 향했다.

"아…… 바다다. 정말 아름답구먼."

하루 종일 침묵을 지키며 창밖만 바라보던 투덜이 스머프가 나지막이 중얼거렸다. 한평생을 보광동에서 살아온 그는 바다를 얼마 만에 보는 걸까. 조그맣게 입을 벌리고 넋을 놓고 있는 투덜이 스머프에게서 어르신들에게로 눈을 돌리니, 모두 그와 비슷한 표정으로 바다를 바라보고 있었다.

버스는 눈이 부시게 반짝이는 동해바다 앞에서 멈췄다. 눈앞에는 짙푸른 파도가 넘실거렸고, 시원한 바닷바람이 불어오고 있었다. 사람들은 버스에서 내려 바다를 향해 서서 넋을 잃고 수평선을 바라보았다. 나는 도시에서 쌓인 탁한 기운을 내보내려 숨을 깊게 들이쉬었다.

바닷바람을 막아줄 소나무 밑에 모여앉아 간단한 안주를 펼쳐놓고 막걸리를 마셨다. 어르신들은 이미 눈치를 채신 듯 카페가 언제까지 영업하는지 물었다. 나는 이번 달이 마지막이라고, 사실 전부터 카페 물건을 내보냈던 것도 가게를 정리하려던 것이었다고 이실직고했다. 마지막이라는 말에 분위기가 무거워졌다.

"등대지기, 한 시절의 인연이 다한 거야. 어차피 우리도 뉴타운 때문에 모두 떠나야 해. 그동안 우리들 이야길 들어준다고 고생했어. 우리가 한 말들이 얼마나 무겁고 힘든지 잘 알아서, 더 고맙고……"

보광동 언니가 말을 다 잇지 못하고 막걸리 잔을 건넸다. 보광동은, 그들이 일궈낸 그들만의 고향은 이제 역사 속에서 지워질 운명이었다. 나뿐 아니라 마을 사람들도 머지않아 서로 이별을 고하게 될 것이었다.

간단하게 자리를 정리한 우리는 함께 화진포 호수를 거닐었다. 예상대로 사람이 많지 않아 다행이었다. 어르신들의 발걸음에 맞춰 바다를 마주한 호수를 느긋하게 걷고 있는데 언덕배기에 단아한 별장이 눈에 띄었다. 이승만 별장이었다. 그는 하와이로 망명을 떠나기 전까지 휴가를 내서 별장에 찾아와 낚시로 하며 시간을 보냈다고 한다. 어르신들 중 누군가 별장을 살펴보고 싶다 하여 다같이 둘러보기로 했다.

별장은 깨끗하게 보존되어 있었다. 그가 자던 침실, 아내와 도란도란 이야기를 나눴을 안락의자, 곳곳에 전시된 그의 업적을 기리는 글과 사진들. 그의 집무실처럼 생긴 방에는 그의 커다란 사진이 의자에 놓여 있었다. 어르신들은 별장을 둘러보더니 이승만 기념관에는 들르지 않고 다시 호수로 내려왔다.

"우리도 사람이었는데."

별장을 나오며 투덜이 스머프가 중얼거렸다. 그의 화려한 '업적'의 뒷면에는 그들을 서울에 고립시킨 한강 다리 폭파가, 보광동 주민들이 평생 안고 살아야 할 트라우마를 만든 용산 폭격이 있었다. 기록되지 않은 죽음과 상처들이, 그 고통스러운 역사의 증인들이 지금 여기에 있었다.

한국전쟁이 끝난 후 누군가는 용산 폭격이 군사상 필요한 작전이었고 그에 따른 희생은 어쩔 수 없는 일이었다고 선을 그었다. 하지만 죽은 이들은 아무런 잘못이 없었고, 무엇도 그들의 희생을 정당화할 수 없었다. 그들에게는 대한민국 국민으로서, 한 인간으로서 생명을 보호받아야 할 권리가 있었다. 하지만 별장에 우아하게 전시된 사진 속의 그는 국민의 생명을 우선하지 않았다. 국민들을 버리고 먼저 피난을 떠나 거짓말을 한 것도 모자라 한강 다리를 끊어 사람들을 가두고 폭탄비를 내렸으니까.

어르신들은 자신들이 죽고 썩어 문드러지더라도 보광동 이야기가 오래도록 남았으면 좋겠다고 울분을 토했다.

그때부터 나는 어르신들에게 들었던 이야기들을 하나하나 되새기며 기록하기 시작했다. 한강 다리가 끊기고 인민군이 돌진해오던 날의 기억을, 복숭아 꽃비가 흩날리던 보광동에 폭탄비가 쏟아지던 날의 기억을, 남산과 용산을 향해 포를 쏘아대던 유엔군의 수륙양용전차와 한강을 건너오던 유엔군 목격담을 모았다. 미군 기지가 들어서고 그 아래에서 억척같이 살아남아 목소리를 내고 있는 이들의 삶을 기록했다. 그것은 전쟁으로 억울하게 죽어간 수많은 영혼과 전쟁의 트라우마에 시달리고 있는 모두를 위해서라도 해야만 하는 일이었다.

이미 고령의 나이에 접어든 목격자들, 생존자들이 한 분씩 세상을 떠나고 있다. 곧 개발로 인해 보광동이라는 동네의 흔적마저 사라질 것이다. 보광동 사람들이 남긴 그해 여름으로부터 시작된 삶의 이야기는 훗날 전쟁의 희생자들과 사라져버린 마을을 기리는 소중한 기록이 되리라 믿는다.

나가며

사라져가는 넓게 빛나는 마을 보광동

깊은 밤, 핸드폰 벨이 울렸다. 잠결에 핸드폰 전원을 누르고 다시 잠에 빠져들었다. 아침에 일어나서 핸드폰을 확인해보니 보광동 막내 꽃언니였다. 통화 버튼을 누르니 언니의 풀죽은 목소리가 흘러나왔다. 언니는 잘못 전화했다며 횡설수설하다 통화를 끝냈다. 지난 밤 언니가 홀로 막걸리를 마시다 핸드폰 버튼을 누른 것이 분명했다.

　코로나가 시작된 이후 보광동 어르신들의 삶은 급격하게 변했다. 어르신들이 모이던 경로당의 문이 잠기고 테이프로 봉해졌다. 어르신들이 자주 가던 미용실, 슈퍼, 카페, 식당 모두 확진자가 다녀가 폐쇄되었다가 차례차례

문을 닫았다. 갈 곳을 잃은 마을 어르신들은 마을을 배회하다 고관절을 다치거나 팔다리가 부러지는 중상을 입기도 했다. 예천 큰 꽃언니는 고관절을 크게 다쳐 방문 요양보호사의 간병을 받으며 집에서만 지내고 있다.

그나마 팔다리가 부러지는 것은 불행 중 다행이었다. 더 큰 문제는 치매였다. 코로나 이전 어르신들은 경로당을 학교 다니듯 드나들면서 함께 모여 점심과 저녁을 먹고 노래 교육이나 간단한 운동 수업을 받았다. 여가 시간에는 화투를 치면서 스트레스를 푼 덕에 치매에 걸리는 어르신도 적었다. 함께 드라마를 보며 악역을 욕하거나 옛날이야기를 늘어놓았고, 그렇게 가슴속의 울화와 외로움을 달래며 지냈다.

그런데 코로나로 경로당이 폐쇄되자 갈 곳을 잃어버린 어르신들은 방 안에 갇혀 우울증에 걸렸다. 바깥 활동을 하지 않으니 우울증은 깊어져만 갔고 치매로 이어졌다. 양키스, 원주 언니, 박씨 아저씨는 치매가 악화되어 요양원에 입원했다. 투덜이 스머프는 치매에 걸리진 않았으나 우울증이 심해져 집 밖에 잘 나오지 않았다. 송정리 언니는 홀로 지내다 당뇨가 심해져 병원에 입원했고, 그나마 건강한 막내 꽃언니는 보광동 친구들이 병원이나 요양원으로 떠날 때마다 혼자 과음을 했다. 한밤에 전화를 건 날도 친구들 중 누군가 병원이나 요양원으로 떠난 날임이 분명했다. 코로나 사태가 시작된 후로 코로나가 위독해져 보광동을 떠난 사람은 다행히 없지만, 코로나로 인해 공동체가 무너지면서 우울증과 치매가 심해져 많은 이들이 보광동을 떠나야 했다.

간밤에 전화를 건 막내 꽃언니가 걱정되어 퇴근길에 보광동으로 향하는 버스를 탔다. 이태원에서 출발한 버스는 승객을 미어터지게 태운 채로 폴리텍대학 언덕을 넘었다. 붉게 물든 언덕에 위태롭게 기댄 마을이 눈에 들어왔다. 내가 보광동 카페를 접고 떠난 이후로 보광동 마을은 더 낡고 황량해졌다. 재개발조합에서 이주 공고를 알리는 을씨년스러운 현수막이 돌아온 나를 반겼다. 나는 추억에 잠겨서 보광동 골목길을 걸었다. 유흥업소에 나가는 아가씨들이 군것질거리를 사가던 호떡집의 낡은 천막은 주인을 잃은 채 구석에 버려져 있었다. 보광동 아주머니들의 놀이터였던 보광 사우나는 코로나로 폐업된 상태였다. 주인이 이사 가면서 버려진 개들이 애처롭게 사람들을 따라다녔다.

보광동 카페가 있던 건물로 가보았다. 카페 창문에는 대출회사와 중국집 전단지, 공과금 영수증이 붙어 있었고, 가게는 텅 비어 있었다. 빈 가게 안에는 붉은 홍시처럼 칠한 카페 벽과 먼지가 내려앉은 샹들리에가 폐허처럼 남아 있었다. 카페 테라스에서 우사단 언덕을 바라보았다. 보광동 사람들과 함께한 모든 순간이 여전히 생생하게 남아 있었으나 그 동네의 풍경은 사라지고 없는 듯했다.

점을 보는 사람들도 모두 떠나 점집을 상징하는 색 바랜 붉은 깃발과 '천상선녀', '태극동자', '박수무당'이라고 쓰인 낡은 간판만 남았다. 사람이 떠난 휑한 골목길에 여전히 붉은 백일홍 꽃잎이 휘날리고 감나무가 든든히 서 있었다. 주인을 잃은 장독대에는 풀꽃들이 피어올랐다.

보광동을 아직 떠나진 못한 어르신들은 골목길 구석에 앉아서 뙤약볕 아래 말라가는 시장 좌판의 야채처럼 활력을 잃은 모습이었다. 어르신들은 고개를 떨어뜨린 채 멍한 눈초리를 지나가는 사람들을 바라보았다. 막내 꽃언니네 골목길 초입에서 아픈 허리를 부여잡은 언니를 만났다. 언니는 코로나가 재개발보다 더 무섭다고 했다. 코로나는 막걸리 한잔 나눌 사람도 안 남겨두고 보광동 친구들을 모조리 요양원으로 데려가버렸다.

우리는 한강인도교가 폭파된 그날 새벽에 보광동 사람들이 숨었던 굴다리 아래에 돗자리를 폈다. 푸르른 한강물이 여전히 넘실대지만 보광동 사람들은 떠나고 언니만 남았다. 언니는 이야기할 사람을 오랜만에 만난다며 날 무척 반가워했으나 눈빛에 생기가 없었다. 나는 봉지에서 술안주를 꺼내고 막걸리 병을 따 종이컵에 술을 부어 건넸다. 지나는 사람은 아무도 없었다.

우리는 한강물을 바라보면서 술을 마셨다. 언니는 보광동이 한창 사람들로 북적였던 시절의 이야기를 조용조용 들려주었다. 보광동에서 만났던 어르신들의 기구한 삶이 새록새록 되살아났다. 언니는 나에게 이야기를 들려주며 다시는 못 볼지도 모를 친구들을 추억하고 있는 듯했다.

나는 깊은 주름이 팬 듯한 보광동 마을 이야기를 들으며 서서히 술에 취해갔다. 이야기는 꼬리에 꼬리를 물다 한강 다리가 끊어지던 날과 폭격이 쏟아지던 때의 이야기로 돌아왔다.

한국전쟁 이후 수십 년 동안 '널리 두루 빛나는 마을'이라는 이름으로 가난하고 소외된 이들을 품어주었던 보광동은 곧 역사의 뒤편으로 사라질 것이다. 언니는 재개발 공사를 위한 불도저가 보광동에 들어오는 날까지도 마을을 지킬 것이라 했다. 언니는 지구에 남은 최후의 공룡처럼 보광동의 마지막을 지켜볼 것이고, 나는 그 언니의 옆을 지키겠다고 속으로 다짐했다.

참고 문헌

김태우, 「한국전쟁기 미 공군의 공중폭격에 관한 연구」, 박사학위논문, 서울대학교 대학원, 2008.

마크 윌린, 《트라우마는 어떻게 유전되는가》, 정지인 옮김, 심심, 2016.

박찬승, 《마을로 간 한국전쟁》, 돌베개, 2010.

서울역사박물관, 《이태원; 공간과 삶》, 2010.

신기철, 《전쟁범죄》, 인권평화연구소, 2015.

신기철, 《멈춘시간 1950》, 인권평화연구소, 2016.

안정효, 《지압장군을 찾아서》, 들녘, 2005.

진실화해위원회, 《2008년 상반기 조사보고서》, 2008.

진실화해위원회, 《2008년 하반기 조사보고서》, 2008.

진실화해위원회, 《집단희생규명위원회》 1~8권, 2008.

진실화해위원회, 《종합보고서》 1~3권, 2010.

언론 자료

「이태원 공동 묘지 유관순 열사 묘소 훼손」, 〈MBC〉 1989년 2월 28일 보도.

「산성리폭격의 진실」, 〈안동MBC〉 2005년 6월 28일 보도.

「'예천 미군폭격 사건' 민간인 피해 진실규명 결정」, 〈한겨레〉 2007년

11월 2일 게재.

「미군 오폭 민간희생 영영 묻히나」, 〈한겨레〉 2010년 7월 15일 게재.

「용산에서 사라진 둔지미 마을」, 〈조선일보〉 2016년 7월 15일 게재.

「'둔지미 마을'을 아시나요」, 〈서울신문〉 2017년 12월 20일 게재.

「6·25 한국전쟁」, 〈대전경제뉴스〉 2018년 6월 21일 게재.

「눈물로 한강 채웠던 그 땅… 문화의 새 살이」, 〈한겨레〉 2018년 5월 7일
　　게재.

「유관순묘는 사라지고 추모비만」, 〈오피니언뉴스〉 2019년 2월 3일 게재.

「용산 공원, 완공에 10년 걸린다」, 〈한국경제〉 2019년 4월 10일 게재.

「남일당, 용산4구역에 숨겨진 역사」, 〈오마이뉴스〉 2019년 7월 5일 게재.

「유엔군, 한강 도하작전 펼치다」, 〈오마이뉴스〉 2019년 8월 9일 게재.

제8회 제주4·3평화문학상 논픽션 수상작

우리가 서로를 잊지 않는다면

1판 1쇄 발행 2022년 1월 26일

지은이 · 김여정
펴낸이 · 주연선

(주)은행나무
04035 서울특별시 마포구 양화로11길 54
전화 · 02)3143-0651~3 | 팩스 · 02)3143-0654
신고번호 · 제 1997—000168호(1997. 12. 12)
www.ehbook.co.kr
ehbook@ehbook.co.kr

ISBN 979-11-6737-124-9 (03810)